von Robert Louis Stevenson

Zeichnungen von Seymour Chwast

Nachwort Burkhard Niederhoff

Büchergilde Gutenberg

Dr. Jekyll und Mr. Hyde

Die Tür

Der Anwalt Utterson war ein Mann mit zerfurchtem Gesicht, das kein Lächeln je erhellte. Kühl war er, wortkarg und gehemmt im Gespräch, sehr zurückhaltend in seinen Gefühlsäußerungen, hager, hochgewachsen, verstaubt, düster und dennoch irgendwie liebenswert. Bei freundschaftlichem Zusammensein und wenn der Wein ihm schmeckte, glühte etwas unendlich Menschliches in seinen Augen auf, etwas, das nie den Weg in seine Worte fand, doch nicht nur in dem stummen Wohlwollen seiner Nach-Tisch-Miene zum Ausdruck kam, sondern öfter und deutlicher in den Handlungen seines Lebens. Er verfuhr streng mit sich selbst, trank Wacholder, wenn er allein war, um sich seine Neigung zu guten Weinen abzugewöhnen; und obgleich er das Theater liebte, hatte er seit zwanzig Jahren keines betreten. Doch war er von großer Duldsamkeit gegen andere, bestaunte zuweilen fast neidvoll die geistige Regsamkeit, von der ihre Vergehen Zeugnis ablegten, und war, wenn es ihnen schlecht ging, eher bereit zu helfen als zu richten. »Ich halte es mit Kain«, pflegte er hintergründig zu sagen, »und gestehe meinem Nächsten das Recht zu, auf *seine* Weise zum Teufel zu gehen.« Hieraus ergab sich, daß er im Leben sinkender Menschen nicht selten der letzte ehrbare Bekannte war und den letzten guten Einfluß auf sie ausübte. Und solange solche Leute ihn aufsuchten, war in seinem Verhalten gegen sie keinerlei Veränderung zu bemerken.

Es war dies allerdings nicht allzuschwer für Mr. Utterson, denn er war stets bar jeden Überschwanges, und seine Freundschaften sogar schienen auf der gleichen allumfassenden Gutmütigkeit begründet zu sein. Es ist ein Zeichen von Bescheidenheit, wenn ein Mensch sich seine Freunde von den Zufälligkeiten des Schicksals zutreiben läßt; und so war es bei dem Anwalt. Seine

Freunde waren die ihm Blutsverwandten oder am längsten Bekannten; seine Freundschaften waren im Laufe der Zeit entstanden, wie Efeu wächst, der sich an jeder beliebigen Mauer hochrankt. Hieraus ergab sich wohl auch die Beziehung zu Mr. Richard Enfield, einem entfernten Verwandten und bekannten Mann der Gesellschaft. Vielen war es schwer verständlich, was wohl diese beiden aneinander finden oder was für gemeinsame Interessen sie verbinden könnten. Leute, die sie auf ihrem Sonntagsspaziergang trafen, berichteten, sie redeten gar nicht, sähen bemerkenswert gelangweilt aus und schienen erleichtert, wenn sich ein Bekannter zu ihnen fände. Dennoch waren den beiden Männern diese Ausgänge sehr wichtig und bedeuteten ihnen das wertvollste Ereignis der Woche; sie gaben ihretwegen nicht nur Vergnügungen auf, sondern ließen auch Geschäftliches zurückstehen, um sich ihrer ungehindert erfreuen zu können.

Bei einem dieser Gänge geschah es, daß ihr Weg sie in die Seitenstraße eines belebten Londoner Viertels führte. Die Straße war eng und ziemlich still, an Wochentagen jedoch von emsigem Geschäftsleben erfüllt. Die Bewohner waren anscheinend alle wohlhabend und eifrig bestrebt, es noch weiterzubringen. Den Überschuß ihrer Einnahmen verwandten sie auf die Verschönerung ihrer Häuser, so daß die Ladenfassaden die Straße einladend säumten wie Reihen lächelnder Verkäuferinnen. Selbst an Sonntagen, wenn ihre blühenden Reize verborgen waren und die Straße im Verhältnis zu sonstiger Lebendigkeit fast leer lag, leuchtete sie festlich inmitten ihrer trübnüchternen Umgebung wie ein Feuer im Waldesdüster; mit der frischen Bemalung ihrer Fensterläden, dem glänzenden Metallzierat und der allgemeinen Sauberkeit und schmucken Gepflegtheit mußte sie jedem Vorübergehenden sogleich angenehm auffallen.

Zur Linken, nach Osten zu, zwei Häuser von der Ecke entfernt, wurde die Häuserzeile von einem Hofeingang unterbrochen; und an dieser Stelle schob ein finsteres Gebäude seinen Giebel in die Straße vor. Es war zweistöckig, hatte kein Fenster aufzuweisen, nur eine Tür war zu sehen im Erdgeschoß und eine blinde Stirn entfärbten Mauerwerks im ersten Stock. Alle Einzelheiten sprachen von langer und trübseliger Vernachlässigung. Die Tür, weder mit Klingel noch Klopfer versehen, war verwittert und verschrammt.

Landstreicher hatten in der Ecke gekauert und ihre Streichhölzer an der Türfläche angezündet, Kinder auf den Stufen Kaufladen gespielt; Schulbuben hatten mit ihren Taschenmessern an den Hohlkehlen geschnitzelt, und seit einem Menschenalter schien niemand darauf bedacht gewesen zu sein, diese gelegentlichen Gäste zu vertreiben oder die von ihnen verursachten Schäden wieder auszubessern.

Mr. Enfield und der Anwalt gingen auf der anderen Seite der Gasse; als sie sich dem seltsamen Bauwerk gegenüber befanden, hob ersterer seinen Stock und wies darauf hin.

»Ist Ihnen diese Tür schon mal aufgefallen?« fragte er; und als sein Begleiter bejahte, setzte er hinzu: »Sie steht für mich mit einem sehr sonderbaren Vorkommnis in Verbindung.«

»Wirklich?« sagte Mr. Utterson mit leicht veränderter Stimme, »und was war das?«

»Folgendes geschah«, erwiderte Mr. Enfield. »Ich kam von irgendeinem am Ende der Welt gelegenen Ort an einem finsteren Wintermorgen um annähernd drei Uhr nach Hause, und mein Weg führte mich durch ein Stadtgebiet, wo tatsächlich nur Laternen zu sehen waren. Straße auf Straße, alles tief im Schlaf – Straße auf Straße grell beleuchtet wie zu einem Festzug und kirchenleer –, bis ich schließlich in jenen Zustand geriet, in dem man angestrengt horcht und lauscht und das Auftauchen eines Polizisten ersehnt. Plötzlich gewahrte ich zwei Gestalten: einen kleinen Mann, der eilig ostwärts stapfte, und ein kleines Mädchen von vielleicht neun, zehn Jahren, das in größter Hast aus einer Seitenstraße gerannt kam. Nun, die beiden stießen selbstverständlich an der Ecke zusammen; dann aber geschah das Schreckliche: Der Mann trampelte seelenruhig über des Kindes Körper und ließ es kreischend am Boden liegen. Wenn man das so anhört, klingt es gar nicht so schlimm, es war aber scheußlich anzusehen. Gar nicht wie ein menschliches Wesen sah er aus, wie ein fühlloser götzenhafter Dämon stapfte er dahin. Ich schrie auf, lief, was ich konnte, packte den Kerl am Kragen und zerrte ihn mit mir zurück bis zu der Stelle, wo schon eine Reihe von Leuten das schreiende Kind umringte. Er war vollkommen ruhig und leistete keinerlei Widerstand, warf mir aber einen so giftigen Blick zu, daß mir der Schweiß ausbrach. Die

Menschen, die das Mädchen umstanden, waren seine Angehörigen; und wenig später erschien der Arzt auf der Bildfläche, den es hätte holen sollen. Dem Kind war im Grunde nicht viel geschehen, nur sehr erschrocken war es nach Meinung des Medizinmanns; und damit hätte die Sache ihr Bewenden haben können, sollte man denken. Ein Umstand aber war seltsam. Schon beim ersten Anblick war mir der Mensch unbeschreiblich widerwärtig gewesen. Die Familie der Kleinen schien von gleichen Gefühlen erfüllt, was nur natürlich war. Des Arztes Haltung aber erstaunte mich. Er war der übliche Mediziner, nüchtern, trocken, farblos, von unbestimmtem Alter, mit starkem Edinburger Tonfall und so gefühllos wie ein Dudelsack. Es erging ihm aber wie uns allen. Jedesmal, wenn er meinen Gefangenen ansah, merkte ich, wie der Pillendreher fast krank wurde und erblaßte vor rasendem Verlangen, den Kerl umzubringen. Ich wußte, was in ihm vorging, und er fühlte, wie mir zumute war; da nun von Umbringen keine Rede sein konnte, begnügten wir uns mit dem nächstbesten. Wir sagten dem Menschen, wir könnten und wollten wegen dieses Vorkommnisses solchen Lärm schlagen, daß sein Name in ganz London zum Himmel stinken solle. Wenn er Freunde und Einfluß besäße, so wollten wir dafür sorgen, daß er sie verlöre. Und die ganze Zeit, während wir ihm die Hölle heiß machten, mußten wir ihm die Weiber vom Leibe halten, so gut wir konnten, denn sie waren außer Rand und Band vor Wut. Noch nie sah ich eine Runde derart haßerfüllter Gesichter; und da stand der Mann in ihrer Mitte, finster, höhnisch, kalt, obwohl er Angst hatte, wie ich sehen konnte – er wirkte wie der leibhaftige Teufel. ›Wenn Sie es für geraten halten, Kapital aus diesem Vorkommnis zu schlagen‹, sagte er, ›so kann ich es natürlich nicht hindern. Kein Gentleman aber liebt Aufsehen‹, erklärte er. ›Nennen Sie Ihren Preis!‹ Wir schraubten ihn bis zu hundert Pfund herauf für des Kindes Familie; offensichtlich wäre er gerne ausgebogen; aber unser Grüppchen hatte wohl etwas Bedrohliches an sich, das ihm nicht geheuer vorkam, und so entschloß er sich zu guter Letzt. Jetzt handelte es sich darum, das Geld auch zu bekommen; und wohin führte er uns, glauben Sie wohl? – zu dieser Tür hier. Er zog einen Schlüssel hervor, schloß auf, verschwand in dem Gebäude und kam dann mit zehn Pfund in Gold zurück und einem Scheck für den Rest auf die Coutts-Bank, auszuzahlen an den Überbringer und mit einem Namen unterzeichnet, den ich nicht nennen kann, obgleich es darauf in meiner Geschichte gerade ankommt; sagen aber kann ich, daß es ein sehr bekannter Name war, der oft in der Zeitung steht. Es handelte sich um eine hohe Summe; aber die Unterschrift, erwies sie sich als echt, verbürgte Zahlung auch viel höherer Beträge. Ich nahm mir die Freiheit, dem dunklen Ehrenmann zu bedeuten, daß die ganze Angelegenheit sehr nach einer Fälschung aussähe, da doch für gewöhnlich niemand um vier Uhr morgens in einer Kellertür verschwinde, um dann mit eines anderen Mannes Scheck über fast hundert Pfund wieder aufzutauchen. Aber er blieb ganz ruhig und grinste nur höhnisch. ›Machen Sie sich keine Sorgen‹, sagte er, ›ich bleibe bei Ihnen, bis die Bank geöffnet wird, und löse dann den Scheck persönlich ein.‹ So setzten wir uns denn in Bewegung, der Arzt, der Vater des Mädchens, unser verdächtiger Freund und ich, und verbrachten den Rest der Nacht in meiner Wohnung. Am nächsten Morgen, nach dem Frühstück, gingen wir gemeinsam zur Bank. Ich übergab den Scheck persönlich und sagte, ich hätte allen Grund anzunehmen, daß er gefälscht sei. Keineswegs. Der Scheck war ganz in Ordnung.«

»Hm«, sagte Mr. Utterson.

»Ich sehe, daß Sie ebenso empfinden wie ich«, sagte Mr. Enfield.

»Ja, eine üble Geschichte. Denn der Mann war ein Kerl, mit dem sich niemand einlassen kann, ein ganz abscheuliches Subjekt; die Persönlichkeit aber, die den Scheck unterschrieb, ist die Ehrenhaftigkeit in Person, berühmt noch dazu, und – wodurch es noch schlimmer wird – einer von jenen Leuten, die viel Gutes tun. Erpressung vermutlich; ein braver Mann wurde da wohl unbarmherzig geschröpft für irgendwelche Jugendtorheiten. Das Erpresserhaus nenne ich daher dies Gebäude mit der Tür. Aber auch diese Erklärung läßt manches dunkel«, setzte er hinzu und versank bei diesen Worten in Nachdenken.

Mr. Utterson schreckte ihn durch eine plötzliche Frage aus seinen Gedanken auf: »Und Sie wissen nicht, ob der Unterzeichner des Schecks dort wohnt?«

»Kann man das überhaupt erwägen?« entgegnete Mr. Enfield. »Ich entsinne mich aber unklar seiner Adresse; er wohnt an irgendeinem Platz.«

»Und Sie haben sich nie nach dem Bauwerk mit der Tür erkundigt?« fragte Mr. Utterson.

»Nein. Ich hatte Hemmungen«, war die Erwiderung. »Ich stelle sehr ungern Fragen; es hat mir das allzuviel vom Tage des Gerichtes. Mit einer Frage beginnt es, und dann ist's, als brächte man einen Stein ins Rollen. Man sitzt beruhigt oben auf einem Hügel, und der Stein gerät in Bewegung und reißt noch andere Steine mit sich; und die Folge ist, daß irgendein harmloser alter Knabe, der nichtsahnend in seinem Garten sitzt, getroffen wird und seine Angehörigen einen andern Namen annehmen müssen. Nein, ich habe es mir zur Regel gemacht, um so weniger Fragen zu stellen, je sonderbarer etwas aussieht.«

»Eine sehr weise Regel«, bestätigte der Anwalt.

»Aber auf eigene Faust habe ich mir das merkwürdige Bauwerk schon genauer angesehen«, fuhr Mr. Enfield fort. »Ein Haus ist es eigentlich gar nicht. Eine weitere Tür gibt es nicht, und niemand kommt und geht – außer selten einmal der Gentleman meines Abenteuers. Drei Fenster gibt es im ersten Stockwerk, die auf den Hof gehen, im Erdgeschoß keine; die Fenster sind immer geschlossen, aber sie sehen sauber aus. Einen Schornstein gibt es, der gewöhnlich raucht; es wohnt also jemand dort. Obgleich das auch nicht so sicher ist, denn die Baulichkeiten sind rings um den Hof so ineinandergeschachtelt, daß schwer zu sagen ist, wo die eine endet und die andere anfängt.«

Die beiden wanderten eine Weile schweigend weiter, dann sagte Mr. Utterson: »Enfield, Sie haben da eine sehr weise Regel.«

»Ja, das glaube ich auch«, meinte Enfield.

»Immerhin«, setzte der Anwalt hinzu, »möchte ich doch eines fragen: Wie hieß der Mann, der das Kind überrannte?«

»Nun«, sagte Mr. Enfield, »das kann wohl kaum Schaden stiften. Der Mann nannte sich Hyde.«

»Hm, wie sah dieser Mensch denn aus?« sagte Mr. Utterson.

»Leicht zu beschreiben ist er nicht. Irgendwie ist sein Äußeres seltsam, unangenehm, ja ausgesprochen widerwärtig. Ich habe nie einen Menschen gesehen, der mir so zuwider war, und kann doch kaum sagen, warum. Er muß irgendwie verkrüppelt sein; er erweckt den Eindruck, als sei er verwachsen, obgleich ich nicht angeben könnte, in welcher Weise. Er sieht ganz ungewöhnlich aus, und doch vermag ich nichts Besonderes an ihm zu kennzeichnen. Nein, es will mir nicht gelingen; ich kann ihn nicht beschreiben. Und es ist nicht, weil mein Gedächtnis versagt, denn ich sehe ihn deutlich vor mir.«

Mr. Utterson wanderte wieder eine Zeitlang schweigend weiter, offenbar beschattet von lastenden Erwägungen. »Sie sind doch sicher, daß er sich eines Schlüssels bediente?« fragte er endlich.

»Aber, aber …« begann Enfield höchst verwundert.

»Ja, ich weiß wohl«, sagte Utterson; »ich weiß, es muß Ihnen sonderbar vorkommen. Die Sache ist nämlich so: Wenn ich nicht nach dem Namen des anderen Mannes frage, so ist's, weil ich ihn schon weiß. Sie sehen, Richard, Ihre Geschichte ist an den Rechten gekommen. Wenn Sie irgendwelche Einzelheiten nicht ganz genau erzählt haben, so sollten Sie das besser berichtigen.«

»Mir scheint, Sie hätten mir das vorher sagen sollen«, entgegnete der andere leicht verstimmt. »Mein Bericht war aber pedantisch genau, wie Sie das nennen. Der Mensch hatte einen Schlüssel; ja, er hat ihn sogar immer noch. Ich habe vor kaum einer Woche gesehen, wie er ihn benutzt hat.«

Mr. Utterson seufzte tief und sagte kein Wort; und der junge Mann stellte nach einiger Zeit fest, dies wäre wiederum eine Lehre, daß man nie reden sollte. »Ich schäme mich meiner allzu losen Zunge. Wir wollen uns vornehmen, niemals mehr hiervon zu sprechen.«

»Ich bin von Herzen einverstanden«, sagte der Anwalt. »Meine Hand darauf, Richard.«

Auf der Suche nach Mr. Hyde

An diesem Abend kam Mr. Utterson in trüber Stimmung nach Hause und setzte sich unlustig zu Tisch. Sonntags war es seine Gewohnheit, sich nach dem Essen dicht am Kamin niederzulassen, mit dem trockenen Werk irgendeines Heiligen aus seinem Fachgebiet vor sich, bis die Uhr der nahen Kirche zwölf schlug und er zufrieden zu Bett ging. An diesem Abend aber ergriff er, sobald das Tischtuch abgenommen war, einen Leuchter mit brennender Kerze und begab sich in sein Arbeitszimmer. Dort schloß er einen Geheimschrank auf und entnahm ihm ein Dokument, auf dessen Umschlag »Dr. Jekylls Testament« stand, setzte sich mit umwölkter Stirne hin und vertiefte sich in den Inhalt. Das Testament war ein von dem Erblasser selbst verfaßtes Schriftstück; denn Mr. Utterson, wenn er es auch nach der Niederschrift in Verwahrung nahm, hatte abgelehnt, sich an seiner Ausfertigung in irgendeiner Weise zu beteiligen. Es ordnete nicht nur an, daß im Falle des Ablebens des Arztes Dr. Henry Jekyll sein ganzer Besitz auf seinen »Freund und Wohltäter Edward Hyde« überginge, sondern auch, daß im Falle des »Verschwindens oder unerklärbarer, eine Dauer von drei Monaten übersteigender Abwesenheit Dr. Jekylls« besagter Edward Hyde ohne weiteren Aufschub in des obengenannten Henry Jekylls Fußstapfen treten sollte, und zwar ohne jegliche Belastung oder Verpflichtung außer der Zahlung einiger unbeträchtlicher Summen an die Hausangestellten des Doktors. Dies Dokument war dem Anwalt schon lange ein Dorn im Auge. Es kränkte ihn als Rechtsanwalt wie als Freund gesunder und vernunftgemäßer Lebensführung, dem alles Phantastische wie Sittenlosigkeit erscheint. Bisher hatte ihn entrüstet, daß er Mr. Hyde nicht kannte; jetzt war es die Kenntnis von ihm, die ihn mit jäher Unruhe erfüllte. Es war schon schlimm genug, wenn der Name nur ein Name war, der keine weiteren Aufschlüsse gab. Viel schlimmer aber wurde es, wenn sich abscheuliche Vorstellungen damit verbanden und aus den ungreifbaren, unbestimmten Nebeln, die so lange vor seinem Blick gelegen hatten, der jähe, erkennbare Umriß eines Unholds sich löste.

»Ich hielt es für Tollheit«, murmelte er, als er die verhaßten Papiere wieder in den Geheimschrank zurücklegte, »und jetzt beginne ich zu fürchten, daß es Schande ist.«

Damit blies er die Kerze aus, zog seinen Mantel an, verließ das Haus und ging zum Cavendish-Platz, dieser Hochburg der Medizin, wo das Haus seines Freundes lag, des berühmten Dr. Lanyon, der stets von Scharen hilfesuchender Patienten umdrängt war. Wenn irgendwer mir etwas sagen kann, so ist's Lanyon, dachte er.

Der würdevolle Hausmeister, der ihn kannte, begrüßte ihn und führte ihn sogleich von der Haustür in das Eßzimmer, wo Dr. Lanyon allein beim Wein saß. Er war ein freundlicher, gesunder, frischer, rotwangiger Herr mit dichtem, vorzeitig ergrautem Haar und von jugendlich lebhaftem und energischem Wesen. Als er Mr. Utterson erblickte, sprang er von seinem Stuhl auf und streckte ihm beide Hände entgegen. Die Liebenswürdigkeit wie das ganze Gebaren des Mannes nahmen sich ein wenig theatralisch aus, doch entstammten sie echtem Gefühl. Denn diese beiden Männer waren alte Freunde, Schulgefährten und Kommilitonen; beide besaßen viel Selbstachtung und Achtung voreinander und waren, was nicht ohne weiteres daraus folgt, Männer, die über jedes Zusammensein ehrliche Freude empfanden.

Nach einer kurzen, etwas sprunghaften Unterhaltung brachte der Anwalt das Gespräch auf den Gegenstand, der ihn so quälend beschäftigte.

»Ich nehme an, Lanyon«, sagte er, »daß du und ich die ältesten Freunde Henry Jekylls sind?«

»Ich wünschte, die Freunde wären jünger«, lachte Dr. Lanyon. »Aber ich glaube schon, daß wir seine ältesten Freunde sind. Doch warum sagst du das? Ich sehe ihn recht selten.«

»Wirklich?« sagte Utterson. »Ich dachte, gemeinsame Interessen verbänden euch.«

»Das war einmal«, lautete die Antwort. »Doch schon seit zehn Jahren ist Henry Jekyll für mich allzu phantastisch geworden. Er ist in die Irre gegangen, hat geistige Irrwege eingeschlagen; und obgleich ich aus alter Freundschaft, wie man so sagt, selbstredend weiterhin Interesse an ihm habe, so sehe ich ihn verteufelt wenig. Solch unwissenschaftlicher Unsinn«, fuhr der Arzt fort und wurde jählings puterrot, »hätte selbst Kastor und Pollux entzweien müssen.«

Dieser kleine Temperamentsausbruch war für Mr. Utterson eine Art Beruhigung. Es hat nur Unstimmigkeiten zwischen ihnen gegeben bezüglich irgendwelcher wissenschaftlicher Fragen, dachte er; und da er ein Mann ohne wissenschaftliche Passionen war – außer auf dem Gebiet der Juristerei –, dachte er weiter: Schlimmeres war es also nicht! Er ließ seinem Freund einige Minuten Zeit, sich wieder zu beruhigen; dann stellte er die Frage, derentwegen er gekommen war.

»Hast du mal einen Schützling von ihm kennengelernt – einen gewissen Hyde?« erkundigte er sich.

»Hyde?« wiederholte Lanyon. »Nein. Habe den Namen nie gehört. Stammt wohl aus späteren Epochen.«

Das war alles an Auskunft, was der Anwalt mit nach Hause nahm, wo er in seinem mächtigen dunklen Bett sich rastlos hin und her warf, bis der Tag zu grauen begann. Eine unruhige Nacht war es für sein erregtes Hirn, in dem ungelöste Fragen brodelten, ohne daß sich das dunkle Ungewiß zu lichten vermochte.

Es schlug sechs Uhr vom Turm der Kirche, die von Mr. Uttersons Wohnung bequem zu erreichen war, und immer noch bedrängten ihn die gleichen Fragen. Bisher hatte es nur seinen Intellekt in Erregung versetzt, doch jetzt war auch seine Phantasie in Mitleidenschaft geraten oder genauer – bezwungen worden; und wie er so unruhig dalag in der Stockfinsternis der Nacht und des dichtverhangenen Zimmers, zog Mr. Enfields Geschichte in einer Folge greller Bilder an seinem inneren Auge vorüber. Er sah lange Reihen brennender Laternen einer nächtlichen Stadt vor sich; dann tauchte die Gestalt eines eilig daherkommenden Mannes auf; dann rannte ein Kind über die Straße, das von dem Arzt kam; beide stießen zusammen, und der unmenschliche Unhold trat das Kind nieder, ohne sich um sein Wehgeschrei zu kümmern. Oder ein Zimmer in einem schönen Hause zeigte sich ihm, in dem sein Freund schlafend dalag, träumend und über seinen Traum lächelnd; die Tür dieses Gemaches tat sich auf, die Vorhänge des Bettes wurden zur Seite gerafft, der Schläfer erwachte, und – o Graus! – da trat neben ihn die Gestalt eines Mannes, dem Macht gegeben war über ihn, so daß er selbst zu dieser nachtschlafenden Zeit sich erheben und ihm willfahren mußte. Die Gestalt in diesen zwei Bildern verfolgte den Anwalt die ganze Nacht; und wenn er zuweilen in Halbschlummer sank, so war es nur, um sie immer verstohlener an schlafenden Häusern entlanggleiten oder immer schneller und schneller bis zu schwindelnder Geschwindigkeit durch unübersehbar lange Irrgärten laternenbesäumter Straßenzüge dahinrasen und an jeder Straßenecke ein Kind niedertreten zu sehen, das schreiend liegenblieb. Doch hatte diese Gestalt kein erkennbares Gesicht, selbst in seinen Träumen war sie antlitzlos, oder das Antlitz nebelte unkenntlich und zerrann vor seinem Blick; und so kam es, daß in dem Anwalt ein seltsam starker Drang, eine fast unbezwingliche Begier entstand, die Züge des wirklichen Mr. Hyde zu sehen. Wenn er ihn einmal nur erblicken könnte, dachte er, würde sich das Geheimnis zu lüften beginnen und vielleicht gänzlich auflösen, wie es mit Rätselhaftem gewöhnlich geschieht, wenn man es genau betrachtet. Vielleicht würde er einen Grund entdecken für die seltsame Voreingenommenheit oder Hörigkeit seines Freundes – mochte man es nun so oder so bezeichnen – und sogar für die merkwürdigen Klauseln des Testamentes. Und es würde zum mindesten ein des Betrachtens wertes Gesicht sein: das Gesicht eines Mannes, der keiner Regung des Mitleids fähig ist, ein Gesicht, das sich nur zu zeigen brauchte, um in der Seele des wenig beeindruckbaren Enfield ein Gefühl dauernden Hasses zu wecken.

Von da an begann Mr. Utterson die Tür in der Gasse mit den Läden zu beobachten. Am Morgen vor Geschäftsbeginn, mittags, wenn der Verkehr rege war und die Zeit knapp bemessen, abends unterm bewölkten Antlitz des Londoner Mondes, bei aller Art Beleuchtung und zu allen Stunden einsamer Stille oder regen Trubels konnte man den Anwalt auf seinem Beobachtungsposten antreffen.

Wenn Mr. Hyde sich verbirgt, so wird Mr. Utterson ihn aufstöbern, dachte er.

Schließlich wurde seine Geduld belohnt. Es war eine klare, trockene Nacht; Frost lag in der Luft; die Straßen glänzten so säuberlich glatt wie der Boden eines Tanzsaales; die Straßenlaternen, von keinem Windhauch bewegt, zeichneten regelmäßige Muster von Licht und Schatten. Gegen zehn Uhr, wenn die bunten Läden geschlossen wurden, lag die Gasse sehr vereinsamt und, trotz dem dumpfen Murmeln der Großstadt ringsum, sehr still da. Unbedeutende Geräusche waren weithin hörbar; Geräusche häuslichen Lebens ließen sich auf beiden Seiten der Gasse vernehmen, und das Kommen jedes Passanten kündete sich lange vorher an. Mr. Utterson stand schon einige Minuten auf seinem Posten, als er einen sonderbaren, leichten Schritt näher kommen hörte. Bei seinen nächtlichen Gängen war ihm schon aufgefallen, wie seltsam der Schritt einer einzelnen Person, wenn sie noch in weiter Entfernung ist, sich plötzlich abhebt vom Raunen und Lärmen der Stadt. Noch nie aber hatte er so scharf und voll Spannung aufgemerkt; mit einer starken, unerklärlichen Voraussicht nahen Erfolges zog er sich in die Hofeinfahrt zurück.

Die Schritte näherten sich schnell und hallten plötzlich lauter beim Einbiegen in das letzte Straßenende. Der Anwalt spähte aus seinem Winkel und gewahrte rasch, mit was für einem Mann er es zu tun hatte. Er war klein und sehr einfach gekleidet und machte sogar aus so weiter Entfernung einen erstaunlich unangenehmen Eindruck auf den Betrachter. Der Beobachtete ging geradewegs auf die Türe zu und überkreuzte die Straße, um Zeit zu sparen; und im Gehen zog er einen Schlüssel aus der Tasche wie einer, der nach Hause kommt.

Mr. Utterson trat aus dem Schatten hervor und berührte ihn an der Schulter, als er vorüberging. »Mr. Hyde, wenn ich nicht irre?«

Mr. Hyde wich mit zischendem Atemholen zurück, doch war sein Erschrecken nur vorübergehend; obzwar er dem Anwalt nicht ins Gesicht sah, antwortete er vollkommen ruhig: »So heiße ich, was wünschen Sie?«

»Ich sehe, Sie gehen ins Haus«, erwiderte der Anwalt. »Ich bin ein alter Freund Dr. Jekylls – Mr. Utterson aus der Gaunt-Straße –, Sie haben ihn meinen Namen gewiß schon nennen hören; und da ich Sie nun zufällig treffe, dachte ich, Sie könnten mich vielleicht einlassen.«

»Sie treffen Dr. Jekyll nicht; er ist ausgegangen«, gab Mr. Hyde zur Antwort und steckte den Schlüssel ins Schloß. Dann fragte er unvermittelt, doch ohne aufzusehen: »Woran haben Sie mich erkannt?«

»Darf ich zunächst fragen«, sagte Mr. Utterson, »ob Sie mir einen Gefallen tun wollen?«

»Mit Vergnügen«, erwiderte der andere, »womit kann ich dienen?«

»Wollen Sie mir Ihr Gesicht zeigen?« fragte der Anwalt.

Mr. Hyde schien zu zögern, dann wandte er sich ihm, wie in plötzlichem Entschluß, herausfordernd zu. Beide starrten einander einige Sekunden lang sehr aufmerksam an. »Nun werde ich Sie wiedererkennen«, sagte Mr. Utterson. »Es könnte sich als nützlich erweisen.«

»Ja«, entgegnete Mr. Hyde, »es ist wohl ganz gut, daß wir uns getroffen haben; übrigens sollten Sie auch wissen, wo ich wohne.« Und dann nannte er eine Hausnummer in einer Straße des Soho-Viertels.

Großer Gott! durchfuhr es Mr. Utterson, ob er wohl auch an das Testament gedacht hat? Aber er behielt seine Gefühle für sich und murmelte nur seinen Dank für die Adresse.

»Und nun«, sagte der andere, »wie haben Sie mich erkannt?«

»Nach Beschreibungen«, war die Antwort.

»Wessen Beschreibung?«

»Wir haben gemeinsame Freunde«, sagte Mr. Utterson.

»Gemeinsame Freunde?« sprach Mr. Hyde ihm ein wenig heiser nach. »Wer kann das sein?«

»Jekyll zum Beispiel«, meinte der Anwalt.

»Nie hat er mich Ihnen beschrieben!« rief Mr. Hyde, zornig auffahrend. »Ich hätte nicht gedacht, daß Sie lügen würden.«

»Mir scheint«, sagte Mr. Utterson, »daß dies kaum der passende Ton ist.«

Der andere brach in ein böse knurrendes Lachen aus; im nächsten Augenblick schloß er mit erstaunlicher Geschwindigkeit die Tür auf und verschwand im Haus.

Der Anwalt blieb noch eine Weile auf dem gleichen Fleck stehen, nachdem

Mr. Hyde sich entfernt hatte, ein Bild sorgenvoller Unruhe. Dann ging er langsam die Straße hinauf, blieb alle zwei Schritte stehen und faßte sich mit der Hand an die Stirn wie ein Mann, der sich nicht mehr auskennt. Die Frage, die er auf dem Wege erwog, war wohl kaum zu beantworten. Mr. Hyde war fahl und gnomenhaft; er erweckte den Eindruck, verwachsen zu sein, ohne daß man eine Mißbildung hätte wahrnehmen können, sein Lächeln war unangenehm, sein Verhalten gegen den Anwalt trug das Gepräge einer unsäglich widerlichen Mischung von Scheu und Unverfrorenheit, und er redete mit heiserer, lispelnder und brüchiger Stimme. All dies nahm gegen ihn ein, erklärte aber nicht den noch nie empfundenen Ekel, die Abscheu und den Schrecken, die er in Mr. Utterson auslöste. Dafür muß es andere Gründe geben, sagte sich der ratlose Anwalt. Ich fühle, es gibt da etwas, wenn ich nur einen Namen dafür finden könnte. Gott behüte, der Kerl wirkt kaum wie ein menschliches Wesen! Etwas Höhlenbewohnerhaftes hat er. Oder ist es nur die Ausstrahlung einer verworfenen Seele, die durch ihre Hülle dringt und sie umformt? Das wird es wohl sein, scheint mir; denn, ach, mein armer alter Henry Jekyll, wenn ich je Satans Siegel sah auf einem Antlitz, so auf dem deines neuen Freundes.

Die Gasse mündete in einen von vornehmen alten Häusern gebildeten Platz; die meisten von ihnen aber sahen vernachlässigt aus und waren etagenweise an Leute aller Art und Berufe vermietet worden: Kartenstecher, Architekten, Winkeladvokaten und Agenten fragwürdiger Gesellschaften. Ein Haus jedoch, das zweite von der Ecke, war nur von seinem Eigentümer bewohnt; es machte einen sehr reichen und gepflegten Eindruck, wenn es auch jetzt bis auf das Oberlicht über der Eingangstür in Dunkel getaucht war. Hier blieb Mr. Utterson stehen und setzte den Türklopfer in Bewegung. Ein gutgekleideter älterer Diener öffnete.

»Ist Dr. Jekyll zu Hause, Poole?« erkundigte sich der Anwalt.

»Ich will nachsehen, Mr. Utterson.« Mit diesen Worten ließ Poole den Besucher in eine geräumige, wohnliche Halle mit niederer Decke und fliesenbelegtem Boden eintreten, die – nach der in Landhäusern üblichen Art – von einem hellen Feuer im offenen Kamin angenehm durchwärmt wurde. Kostbare alte Eichenschränke und Truhen standen umher.

»Wollen Sie hier am Feuer warten, Sir? Oder soll ich Ihnen Licht ins Eßzimmer bringen?«

»Ich will hierbleiben«, sagte der Anwalt, ging ans Feuer und lehnte sich an den hohen Kaminschirm. Diese Halle, in der er nun allein zurückblieb, war seinem Freunde besonders lieb; und Utterson selbst pflegte sie als den gemütlichsten Raum in London zu bezeichnen. An diesem Abend aber durchrieselten Schauer sein Blut; immer wieder sah er Hydes Gesicht vor sich; er fühlte – was selten vorkam – Ekel vor dem Leben, fast bis zur Übelkeit; und in seiner düsteren Stimmung erschien ihm der huschende Feuerschein auf der glänzenden Politur der Schränke und das unruhige Zucken der Schatten an der Stuckdecke wie eine Drohung. Er schämte sich seines Gefühles der Erleichterung, als Poole zurückkam und ihm meldete, Dr. Jekyll sei ausgegangen.

»Ich sah Mr. Hyde durch den Eingang des früheren Anatomiesaales das Haus betreten, Poole«, sagte er. »Ist das in Ordnung, wenn Dr. Jekyll abwesend ist?«

»Ganz in Ordnung, Mr. Utterson«, gab der Diener zur Antwort. »Mr. Hyde hat einen eigenen Schlüssel.«

»Ihr Herr scheint diesem jungen Mann größtes Vertrauen zu schenken, Poole«, stellte der andere nachdenklich fest.

»Ja, Sir, das tut er wahrhaftig«, sagte Poole. »Wir alle haben den Befehl, ihm zu gehorchen.«

»Ich habe Mr. Hyde, soviel ich weiß, nie hier getroffen?« fragte Utterson.

»Oh, gewiß nicht, Sir. Er kommt nie zum Essen her«, erwiderte der Diener. »Wir bekommen ihn in diesem Teil des Hauses selten zu Gesicht; er geht und kommt meist durch den Hintereingang und das Laboratorium.«

»Na, gute Nacht, Poole.«

»Gute Nacht, Mr. Utterson.«

Und so machte sich der Anwalt schweren Herzens auf den Heimweg. Armer Henry Jekyll, dachte er, wenn mich nicht alles täuscht, dann steht ihm das Wasser bis an den Hals! Er hat es recht toll getrieben in seiner Jugend; das ist zwar lange, lange her; doch im Gesetz Gottes gibt es keine zeitlichen Grenzen. Ach ja, es muß wohl das Gespenst einer alten Sünde sein, der

Aussatz einer verborgenen alten Schande: Strafe, die »pede claudo« kommt, Jahre, nachdem die Erinnerung an die Verfehlung verblaßt ist und die Eigenliebe sie sich vergeben hat. Und der von diesem Gedanken geängstigte Anwalt brütete eine Weile über seiner eigenen Vergangenheit, durchfurchte alle Winkel seines Gedächtnisses, damit nicht einmal unvermutet irgendein altes Unrecht, wie das Teufelchen aus der Schachtel, emporschnellte und sich fordernd ans Licht wagte. Seine Vergangenheit war fast tadelfrei; wenig Menschen vermochten unbesorgter ihres Lebens Schuldbuch zu durchblättern; dennoch fühlte er sich tief beschämt, wenn er daran dachte, wie oft er falsch gehandelt hatte, und eine stille und schreckerfüllte Dankbarkeit für alles, was ihn noch im letzten Augenblick vom Unrecht abgehalten hatte, ließ ihn wieder aufsehen. Als seine Gedanken zu dem Gegenstand seiner Sorge zurückkehrten, zuckte ein Funken der Hoffnung in ihm auf. Im Leben dieses Hyde, so dachte er, gibt es gewiß, wenn man es erforscht, eigene Geheimnisse, recht düstere Geheimnisse, nach seinem Äußeren zu schließen; Geheimnisse, so dunkel, daß des armen Jekyll schlimmste Taten, damit verglichen, wohl wie Sonnenschein wirkten. So aber darf es nicht weitergehen. Mir wird ganz kalt vor Grauen, wenn ich bedenke, daß dies Geschöpf auf leisen Sohlen an Henrys Bett schleicht; armer Henry, was für ein furchtbares Erwachen! Und welch furchtbare Gefahr! Wenn dieser Hyde etwas ahnt von diesem Testament, so könnte ihn die Lust anwandeln, bald sein Erbe anzutreten. Ich muß hier etwas unternehmen, wenn Jekyll mich nur gewähren läßt, setzte er hinzu, wenn Jekyll mich nur gewähren läßt. Denn wieder waren vor seinem inneren Blick die seltsamen Klauseln der letztwilligen Verfügung aufgetaucht.

Dr. Jekyll macht sich keine Sorgen

Vierzehn Tage später fügte es sich, daß der Doktor fünf oder sechs gute alte Freunde, alles kluge, ehrenwerte Männer, die guten Wein zu schätzen wußten, zu einem gemütlichen Abendessen einlud; und da richtete es Mr. Utterson so ein, daß er noch blieb, als die anderen schon gegangen waren. Es war dies nichts Ungewöhnliches, sondern hatte sich oft und immer wieder ergeben. Wenn man Utterson gern hatte, dann hatte man ihn außergewöhnlich gern. Gastgeber liebten es, den scheinbar trockenen Anwalt noch dazubehalten, wenn die Leichtherzigen und Geschwätzigen sich schon wieder zum Gehen gewandt hatten; es tat ihnen wohl, sich eine Weile in seiner stillen Gegenwart zu erholen, sich auf das Alleinsein vorzubereiten und in der erfüllten Schweigsamkeit des Mannes zu entspannen nach der Anstrengung und dem Aufwand lebhafter Unterhaltung. Dr. Jekyll empfand dies wie die anderen, und wie er ihm nun am Feuer gegenübersaß – ein großer, gutgewachsener bartloser Fünfziger, mit einem leichten Zug von Hintersinnigkeit vielleicht, doch allen Merkmalen großer Güte und Begabung –, war ihm anzusehen, daß er für Mr. Utterson eine aufrichtige und warme Zuneigung empfand.

»Ich wollte schon lange mit dir reden, Jekyll«, begann letzterer, »wegen des bewußten Testamentes.«

Ein aufmerksamer Beobachter hätte spüren können, daß dies Thema unerwünscht war; aber der Doktor machte gute Miene zum bösen Spiel. »Mein armer Utterson«, sagte er, »du hast Pech mit einem Klienten meiner Sorte. Ich habe nie einen Menschen so entsetzt gesehen wie dich, als du damals mein Testament zu Gesicht bekamst, höchstens den ledernen Pedanten Lanyon angesichts dessen, was er meine wissenschaftlichen Irrtümer zu nennen beliebte. Oh, ich weiß, er ist ein guter Kerl – du brauchst nicht die Stirn zu runzeln, ein famoser Mensch, und ich habe immer die Absicht, öfter mit ihm zusammenzukommen; aber ein lederner Pedant ist er deswegen doch, ein unwissender, überheblicher Pedant. Nie hat mich wohl ein Mensch mehr enttäuscht als der brave Lanyon.«

»Du weißt, ich war nie mit diesem Testament einverstanden«, fuhr Utterson, der sich um die Ablenkungsversuche nicht kümmerte, unbeirrt fort.

»Mit dem Testament? Ja, gewiß weiß ich das«, sagte der Doktor mit einiger Schärfe. »Du hast mich darüber ja nicht im unklaren gelassen.«

»Nun, ich möchte es dir wiederholen«, erklärte der Anwalt. »Ich habe Beunruhigendes über den jungen Hyde erfahren.«

Dr. Jekylls hübsches breites Gesicht erblaßte bis in die Lippen, und seine Augen funkelten dunkler. »Ich möchte weiteres hierüber nicht hören«, sagte er. »Ich dachte, wir seien übereingekommen, kein Wort mehr über dies Thema zu verlieren.«

»Mir ist Abscheuliches zu Ohren gekommen«, sagte Utterson.

»Das vermag nichts zu ändern. Du bist über meine Lage im unklaren«, erwiderte der Doktor etwas zusammenhanglos. »Ich bin in einer sehr schwierigen Lage, Utterson, in einer sehr, sehr seltsamen Lage. Es ist eine von den Angelegenheiten, die durch Reden nicht geklärt werden können.«

»Jekyll«, sagte Utterson, »du kennst mich; ich bin ein Mensch, auf den man sich verlassen kann. Sage mir alles, was dich bedrückt, rede es dir von der Seele; ich bin sicher, daß ich dir aus der Schlinge helfen kann.«

»Mein lieber Utterson«, sagte der Doktor, »du meinst es wirklich gut, meinst es von Herzen gut, ich finde keine Worte, um dir zu danken. Ich vertraue dir ganz und gar; ich vertraue dir mehr als irgendeinem Menschen auf der Welt, ja mehr als mir selbst, wenn ich zu wählen hätte; aber was du annimmst, ist falsch; so arg, wie du denkst, ist es nicht. Und um dein gütiges Herz zu beruhigen, will ich dir eines verraten: Sobald ich will, kann ich mich von Mr. Hyde befreien. Darauf gebe ich dir die Hand. Und sei nochmals bedankt. Doch noch ein kleines Wort möchte ich hinzusetzen, das du gewiß nicht übel aufnehmen wirst. Utterson: dies ist eine ganz persönliche Angelegenheit, und ich bitte dich, sie ruhen zu lassen.«

Utterson sah eine Weile nachdenklich in die Flammen.

»Zweifellos bist du durchaus im Recht«, sagte er zu guter Letzt und erhob sich.

»Doch da wir diese Angelegenheit berührt haben, und, wie ich hoffe, zum letztenmal«, setzte der Doktor hinzu, »so möchte ich dich noch auf einen Punkt aufmerksam machen. Mir liegt wirklich ungeheuer viel an dem armen Hyde. Ich weiß, daß du ihm begegnet bist, er erzählte es mir; und ich fürchte, er war unhöflich. Aber ich nehme wirklich größten, allergrößten Anteil an dem jungen Menschen; und wenn mir etwas zustößt, Utterson, so möchte ich, daß du mir versprichst, dich seiner anzunehmen und ihm zu seinem Recht zu verhelfen. Ich bin gewiß, du würdest nicht zögern, meine Bitte zu erfüllen, wüßtest du alles. Es wäre mir eine große Last von der Seele genommen, wenn du mir dies Versprechen geben könntest.«

»Ich muß dir offen gestehen, daß ich ihn nie werde leiden können«, sagte der Anwalt.

»Darum bitte ich dich auch gar nicht«, sagte Jekyll in fast flehendem Ton und legte dem Freunde die Hand auf den Arm; »nur um Gerechtigkeit bitte ich. Ich ersuche dich nur, ihm um meinetwillen zu helfen, wenn ich nicht mehr sein sollte.«

Utterson seufzte schwer auf. »Gut«, sagte er dann, »du hast mein Versprechen.«

Der Fall Carew

Fast ein Jahr später, im Oktober 18 . . , wurde London durch einen Mord von besonderer Roheit erschreckt. Der hohe Rang des Opfers erhöhte noch das Aufsehen. Nur wenige, aber grausige Einzelheiten wurden bekannt. Ein Dienstmädchen, das sich allein in einem unweit des Flusses gelegenen Hause aufhielt, hatte sich gegen elf Uhr nach oben begeben, um zu Bett zu gehen. Obgleich in den frühen Morgenstunden sich Nebelschwaden über die Stadt breiteten, war der erste Teil der Nacht wolkenlos und klar, und der Heckenweg, den das Mädchen aus seinem Fenster übersah, lag in hellstem Vollmondschein. Anscheinend war sie eine romantische Seele, denn sie setzte sich auf ihren Koffer, der dicht vor dem Fenster stand, und verfiel in Träumerei. Nie – so versicherte sie unter strömenden Tränen später bei ihrer Aussage –, nie war sie friedlicher gegen die Welt und alle Menschen gestimmt gewesen. Und wie sie so dasaß, gewahrte sie einen bejahrten, auffallend schönen weißhaarigen Herrn, der langsam näher kam; ihm entgegen kam ein anderer Herr von sehr kleiner Gestalt, dem sie zuerst weniger Beachtung schenkte. Als sie in Sprechweite zueinander gekommen waren – gerade unter dem Fenster des Mädchens –, grüßte der Ältere und sprach den andern in höflicher, ja liebenswürdiger Weise an. Dem Anschein nach handelte es sich nicht um Wichtiges; seine Handbewegung schien anzudeuten, daß er sich nur nach dem rechten Weg erkundigte. Der Mond beleuchtete sein Antlitz, während er sprach, und das Mädchen betrachtete es mit Wohlgefallen, da es etwas altmodisch Unschuldiges und Gütiges ausstrahlte, doch auch etwas Edles und Stolzes, wie von wohlberechtigter Selbstzufriedenheit. Ihr Blick fiel dann auf den andern, und voll Verwunderung erkannte sie in ihm einen gewissen Mr. Hyde, der ihren Herrn einmal aufgesucht und ihr sehr mißfallen hatte. Er hielt einen schweren Stock in der Hand, mit dem er spielte; doch sprach er kein Wort und schien seine Ungeduld nur schwer zu beherrschen. Dann wurde er plötzlich von heller Wut erfaßt, stampfte mit den Füßen, schwenkte seinen Stock und gebärdete sich – nach der Beschreibung des Mädchens – wie ein Wahnsinniger. Der alte Herr wich einen Schritt zurück, sehr verwundert offenbar und ein wenig beleidigt; worauf Mr. Hyde gänzlich außer Rand und Band geriet und ihn niederschlug. Und im nächsten Augenblick trampelte er wie ein tobender Gorilla mit den Füßen auf seinem Opfer herum und ließ einen Hagel von Hieben auf den Zusammengesunkenen niederprasseln, so daß die Knochen hörbar zerbrachen und der Körper am Boden jedesmal sich hob und niedersackte. Bei diesem grauenhaften Anblick, diesen schauerlichen Lauten vergingen dem Mädchen die Sinne.

Zwei Uhr war es, als sie wieder zu sich kam und die Polizei benachrichtigte. Der Mörder war längst über alle Berge; doch sein Opfer lag mitten auf dem Weg, furchtbar entstellt und zerschmettert. Der Stock, mit dem die Tat begangen wurde, war, obwohl er aus ziemlich seltenem, sehr hartem Holz bestand, in der Mitte durchgebrochen unter der unmenschlichen Wucht der Schläge; die eine abgesplitterte Hälfte war in den nahen Rinnstein geflogen – die andere hatte der Mörder wahrscheinlich mitgenommen. Eine gefüllte Börse und eine goldene Uhr wurden bei dem Toten gefunden; doch keinerlei Papiere oder Visitenkarten, außer einem versiegelten und schon mit Briefmarken versehenen Umschlag, den er vermutlich auf die Post tragen wollte und auf dem der Name und die Adresse Mr. Uttersons standen.

Dieser Brief wurde dem Anwalt am nächsten Morgen gebracht, ehe er noch aufgestanden war; sobald er ihn gelesen hatte und die näheren Umstände erfuhr, wurde seine Miene sehr ernst. »Ich will nichts sagen, ehe ich nicht die Leiche gesehen habe«, meinte er; »der Brief scheint sehr wichtig zu sein. Haben Sie die Güte, zu warten, während ich mich ankleide.« Mit der gleichen besorgten Miene frühstückte er in aller Eile und fuhr zur Polizeistation, wohin man den Ermordeten gebracht hatte. Sobald er die Zelle betreten hatte, nickte er. »Ja«, sagte er, »ich erkenne ihn. Ich muß leider sagen, daß dies Sir Danvers Carew ist.«

»Lieber Himmel, Sir«, rief der Beamte, »ist das möglich?« Im nächsten Augenblick leuchtete ein Funke beruflichen Ehrgeizes in seinem Auge auf. »Das wird große Aufregung geben«, sagte er. »Vielleicht können Sie uns behilflich sein, den Mörder zu fassen.« Und dann erzählte er in kurzen Worten, was das Mädchen gesehen hatte, und zeigte den zerbrochenen Stock.

Mr. Utterson war bei Nennung des Namens Hyde schon betroffen zusammengezuckt; als ihm der Stock aber vorgelegt wurde, war kein Zweifel mehr möglich: Zersplittert und zerbrochen, wie er jetzt war, erkannte er ihn doch als einen, den er selbst vor vielen Jahren Henry Jekyll geschenkt hatte.

»Ist dieser Mr. Hyde von sehr kleiner Gestalt?« fragte er.

»Auffallend klein und auffallend bösartig aussehend, nach der Beschreibung des Mädchens«, sagte der Beamte.

Mr. Utterson dachte nach; dann sah er auf. »Wenn Sie mich in meinem Wagen begleiten wollen«, sagte er, »kann ich Sie, glaube ich, zu seiner Wohnung bringen.«

Es war mittlerweile annähernd neun Uhr geworden, und der erste schwere Herbstnebel hüllte alles ein. Ein riesiges schokoladenfarbenes Bahrtuch schien den Himmel zu verhängen; doch ließ ein rauher Wind die kämpfenden Nebelmassen nicht zur Ruhe kommen, so daß Mr. Utterson bei der langsamen Fahrt des Wagens von Straße zu Straße eine Menge wundersamster Töne und Abstufungen dämmernden Zwielichtes gewahrte. Einmal war es dunkel wie bei Anbruch der Nacht; dann wogten goldglühende, sattbraune Rauchwolken wie bei einer seltsamen Feuersbrunst; dann wieder verflog der Nebel an einer Stelle fast vollständig, und ein Strahl fahlblassen Tageslichts brach durch die wirbelnden Schwaden. Soho, dies trübe Viertel, erschien in der unsteten Beleuchtung mit seinen nassen, schmutzigen Straßen und den schäbig-verwahrlosten Bewohnern, den Laternen, die nicht erloschen oder, um dem traurigen Wiedereinbruch der Dunkelheit zu steuern, neu entzündet worden waren, dem Auge des Rechtsanwaltes wie eine Stadt in einem Alptraum. Auch waren seine Gedanken von düsterster Färbung; und wenn er seine Fahrtgenossen betrachtete, dann fühlte er etwas von der Angst vor dem Gesetz und den Dienern des Gesetzes, wie sie zuweilen auch den Unschuldigsten befällt.

Als der Wagen vor dem angegebenen Hause hielt, lichtete sich der Nebel ein wenig. Er sah eine unsaubere Gasse, eine Bar, ein billiges französisches Speisehaus, einen Laden, wo man Zeitungen und Salat kaufen konnte, viele zerlumpte Kinder vor den Türen und viele Frauen verschiedenster Rassen, die mit dem Schlüssel in der Hand rasch aus dem Hause liefen, um ihr Morgengläschen zu trinken; dann sank der Nebel wieder dunkelbraun herab und verbarg ihm die fragwürdige Umgebung. Hier also wohnte Henry Jekylls Schützling, der Erbe einer Viertelmillion Pfund Sterling.

Die Tür wurde von einer silberhaarigen alten Frau mit elfenbeinweißem Teint geöffnet. Sie hatte ein böses Gesicht, über dem eine scheinheilige Freundlichkeit lag; ihr Benehmen war tadellos. Gewiß, dies sei Mr. Hydes Wohnung, bestätigte sie, er wäre nicht zu Hause; er sei sehr spät in der Nacht dagewesen, doch schon nach einer knappen Stunde wieder gegangen; es sei dies nichts Außergewöhnliches; er führe ein sehr ungeregeltes Leben und bliebe oft lange fort; vor seinem gestrigen Kommen habe sie ihn zwei Monate lang nicht gesehen.

»Na, gut, wir möchten seine Zimmer sehen«, erklärte der Anwalt; und als die Frau erwiderte, dies sei unmöglich, setzte er hinzu: »Es ist besser, ich sage Ihnen, wer dieser Herr ist: Inspektor Newcomen von Scotland Yard.«

Ein Ausdruck gehässiger Genugtuung überflackerte kurz das Gesicht der Frau. »Ach!« sagte sie, »er ist in Schwierigkeiten geraten! Was hat er angestellt?«

Mr. Utterson und der Inspektor wechselten Blicke. »Großer Beliebtheit scheint er sich nicht zu erfreuen«, bemerkte letzterer. »Und nun, gute Frau, wollen ich und der Herr uns etwas umsehen.«

Von den Räumen des Hauses, das lediglich von der Alten bewohnt war und sonst leer stand, hatte Hyde nur einige inne; doch waren diese reich und geschmackvoll eingerichtet. Eine Kammer enthielt einen Weinvorrat, schönes Silber war vorhanden und elegantes Leinen. Gute Bilder hingen an den Wänden, Geschenke – wie Utterson annahm – Henry Jekylls, der als Kenner galt. Die Teppiche waren kostbar und farbenprächtig. Zur Zeit sahen die Zimmer jedoch aus, als seien sie gerade in wilder Hast geplündert worden. Kleider lagen am Boden verstreut mit herausgezerrten Taschen. Schubladen waren aufgezogen, Schränke standen offen. Im Kamin lag ein Häufchen grauer Asche, als habe man eilig viele Papiere verbrannt. Aus diesen verkohlten Resten grub der Inspektor Überbleibsel eines grünen Scheckbuches aus, das vom Feuer nicht ganz verzehrt worden war. Hinter einer Tür lag das andere Ende des Stockes; da dies nun den Verdacht bestätigte, war der Beamte höchst befriedigt. Ein Gang zu der Bank, bei der sich ergab, daß der Mörder dort ein Konto mit mehreren tausend Pfund besaß, mehrte noch seine Befriedigung.

»Verlassen Sie sich darauf, Sir«, versicherte er Mr. Utterson, »ich habe ihn in der Hand. Er muß gänzlich den Kopf verloren haben, sonst hätte er den Stock nicht liegen lassen und vor allem das Scheckbuch nicht verbrannt. Geld ist doch lebenswichtig für ihn. Jetzt haben wir nur noch die Bank zu bewachen und den Steckbrief zu erlassen.«

Letzteres erwies sich als nicht so einfach; denn Mr. Hyde hatten nur wenige Menschen gekannt – auch der Herr jenes Dienstmädchens hatte ihn nur zweimal gesehen; seine Angehörigen waren nicht auffindbar, photographische Aufnahmen von ihm gab es auch nicht. Die wenigen Leute, die ihn beschreiben konnten, machten ganz verschiedene Angaben, wie sich das bei ungeschulten Beobachtern meist ergibt. Nur in einem Punkte stimmten sie alle überein: in dem seltsamen Eindruck des Verwachsenseins ohne feststellbare Ursache, den der Verschwundene auf sie gemacht hatte.

Der seltsame Brief

Erst am Spätnachmittag fand Mr. Utterson Zeit, zu Dr. Jekyll zu gehen. Poole ließ ihn sofort ein und führte ihn durch die Wirtschaftsräume und über einen Hof, der früher ein Garten gewesen war, zu dem Anbau, der als Laboratorium oder auch als Anatomie bezeichnet wurde. Der Doktor hatte das Haus von den Erben eines berühmten Arztes erworben. Da er selbst sich mehr mit chemischen Studien als mit Anatomie befaßte, diente das Gebäude am Ende des Gartens jetzt anderen Zwecken. Der Anwalt betrat zum erstenmal diesen Teil des Besitztums seines Freundes. Er musterte das fensterlose, unfreundliche Bauwerk voller Neugier und sah sich mit einem Gefühl erkältenden Befremdens beim Durchschreiten des Anatomiesaales um, in dem vormals eifrige Studenten sich gedrängt hatten und das nun in lastendem Schweigen dalag. Auf den Tischen standen chemische Apparate, am Boden halb ausgepackte Körbe; überall lag Stroh umher; von oben fiel spärliches Licht durch die düstere Kuppel. Im Hintergrund führten Stufen zu einer mit rotem Fries verhängten Tür empor, und durch diese gelangte Mr. Utterson schließlich in des Doktors Arbeitszimmer. Es war ein großer Raum mit Glasschränken an den Wänden ringsum; ein hoher dreiteiliger Spiegel befand sich dort und ein Arbeitstisch; drei verstaubte eisenvergitterte Fenster sahen in den Hofraum. Helles Feuer loderte im Kamin, auf dessen Sims eine brennende Lampe stand; denn der Nebel drang sogar dicht in die Häuser ein. Nahe am Feuer saß Dr. Jekyll, der wie ein Todkranker aussah. Er stand nicht auf, um seinen Besucher zu empfangen, sondern hielt ihm eine kalte Hand hin und begrüßte ihn mit ganz veränderter Stimme.

Sobald Poole gegangen war, sagte Mr. Utterson: »Du weißt, was geschehen ist?«

Der Doktor schauderte. »Die Zeitungsjungen riefen es auf der Straße aus«, sagte er. »Ich saß gerade beim Essen.«

»Eine Frage«, sagte der Anwalt, »Carew war mein Klient, du bist es auch, und ich möchte wissen, woran ich bin. Du warst hoffentlich nicht so wahnsinnig, diesen Menschen zu verbergen?«

»Utterson, ich schwöre bei Gott«, rief der Doktor, »bei Gott gelobe ich, daß ich ihn nie wieder ansehen werde! Ich gebe dir mein Ehrenwort, daß ich in diesem Leben nichts mehr mit ihm zu schaffen haben will. Es ist nun alles aus. Und er hat meine Hilfe auch gar nicht nötig; du kennst ihn nicht, wie ich ihn kenne; er ist in Sicherheit, in vollständiger Sicherheit; glaube mir, man wird nie mehr von ihm hören.«

Der Anwalt hörte finster zu; seines Freundes fieberhafte Erregung gefiel ihm gar nicht. »Du scheinst deiner Sache sehr sicher zu sein«, sagte er, »und um deinetwillen hoffe ich, daß du recht behältst. Käme es zu gerichtlichen Verhandlungen, würde dein Name wohl auch genannt werden.«

»Ich weiß es ganz sicher«, erwiderte Jekyll, »dafür habe ich sichere Belege, die ich niemandem anvertrauen kann. In einer Sache aber kannst du mich beraten. Ich – ich habe einen Brief erhalten; und nun weiß ich nicht, ob ich ihn der Polizei übergeben soll. Ich möchte dir das überlassen, Utterson; du wirst gewiß nach weiser Einsicht verfahren, das weiß ich; ich setze so großes Vertrauen in dich.«

»Du fürchtest vermutlich, daß die Übergabe zu seiner Entdeckung führen könnte?« erkundigte sich der Anwalt.

»Nein«, erklärte der andere. »Ich kann nicht sagen, daß mir etwas daran liegt, was aus Hyde wird; ich bin ganz fertig mit ihm. Ich dachte an meinen eigenen Ruf, der durch diese schauderhafte Angelegenheit doch recht gefährdet ist.«

Utterson dachte eine Weile nach; er war erstaunt über seines Freundes Selbstsucht, und doch beruhigte sie ihn auch. »Nun«, bat er schließlich, »zeige mir doch den Brief!«

Der Brief zeigte eine sonderbare steile Handschrift und war von »Edward Hyde« unterzeichnet. Der Schreiber teilte lakonisch mit, daß sein Wohltäter, Dr. Jekyll, dem er so lange zahllose Wohltaten nur mit Undank gelohnt hätte, sich keine Sorge zu machen brauche wegen seiner Sicherheit, da ihm Möglichkeiten des Entkommens zu Gebote ständen, die vollkommen zuverlässig wären. Dem Anwalt gefiel dies Schreiben; es ließ die Vertrautheit der Beziehung in besserem Licht erscheinen, als er erwartet hatte. Er bedauerte bereits einige seiner Verdächtigungen.

»Hast du den Umschlag?« fragte er.

»Ich habe ihn verbrannt«, erwiderte Jekyll, »ehe ich mir noch klarmachte, was ich damit tat. Aber er trug keinen Poststempel. Der Brief wurde abgegeben.«

»Kann ich ihn behalten und die Sache beschlafen?« fragte Utterson.

»Bitte, handle ganz nach eigenem Ermessen«, war die Antwort. »Ich habe alles Vertrauen in mich verloren.«

»Ich werde es mir überlegen«, entgegnete der Anwalt. »Und nun noch ein Wort: War es Hyde, der die testamentarische Verfügung bezüglich deines Verschwindens diktiert hat?«

Den Doktor schien eine Schwächeanwandlung zu überkommen; er schloß fest den Mund und nickte.

»Ich wußte es«, sagte Utterson. »Er wollte dich umbringen. Du hast noch einmal Glück gehabt.«

»Viel mehr als Glück«, erwiderte der Doktor feierlich. »Ich habe eine Lehre bekommen – großer Gott, Utterson, was für eine Lehre ich bekommen habe!« Und er bedeckte das Gesicht einen Augenblick mit den Händen.

Als der Anwalt aus dem Hause ging, blieb er noch einen Augenblick stehen, um ein paar Worte mit Poole zu sprechen. »Wurde nicht«, fragte er, »heute ein Brief abgegeben? Wie sah der Bote aus?« Poole behauptete aber mit Bestimmtheit, es seien nur Postsendungen eingelaufen; »und auch nur Drucksachen«, fügte er hinzu.

Diese Auskunft hatte zur Folge, daß der Besucher mit wiedererwachten Besorgnissen sich auf den Weg machte. Offenbar war der Brief am Eingang des Laboratoriums abgegeben, vielleicht sogar im Arbeitszimmer geschrieben worden; und verhielt sich das so, war er anders zu beurteilen und mußte mit größerer Vorsicht behandelt werden. Die Zeitungsjungen auf den Gehsteigen schrien sich heiser, während er heimging: »Extrablatt! Grauenhafte Ermordung eines Parlamentsmitglieds!« Das war das Totengeläut für einen Freund und Klienten; und er vermochte sich der Besorgnis nicht zu erwehren, ob nicht der Wirbel des Aufsehens den guten Ruf eines anderen mit in den Abgrund ziehen würde. Eine heikle Sache war es, in der er eine Entscheidung zu treffen hatte; und obwohl er für gewöhnlich des Selbstvertrauens nicht entbehrte, wäre ihm guter Rat sehr lieb gewesen. Ohne weiteres würde ihm keiner zuteil werden; doch vielleicht, so dachte er, könnte er ihn irgendwo suchen.

Bald darauf saß er an seinem Kamin, Mr. Guest, sein erster Sekretär, ihm gegenüber, und zwischen ihnen stand, in wohlberechneter Entfernung vom Feuer, eine Flasche eines ganz exquisiten alten Weines, der lange unbehelligt im Kellergewölbe des Hauses gelagert hatte. Die Stadt ruhte noch wie im Nebel ertrunken, die Laternen schimmerten wie Karfunkelsteine; und durch den Schwaden dieser herabgesunkenen Wolken rollte gedämpft die Prozession des städtischen Getriebes noch durch das dunkle Straßengeäder dahin mit dem rauschenden Laut mächtigen Windes. Der Raum aber war hell vom lodernden Feuer. Alle Säuren im Wein waren längst ausgegoren; die köstliche Leuchtkraft war mit der Zeit sanfter geworden, wie die Farben alter Buntglasfenster sich vertiefen; und die Glut heißer Herbstnachmittage über den Rebenhügeln wartete darauf, wieder aufzuerstehen und die Nebel Londons zu vertreiben. Unmerklich löste sich die Verkrampfung des Anwalts. Es gab niemanden, dem er weniger Geheimnisse vorenthielt als Mr. Guest; und er war nicht immer sicher, daß er so viele verschwieg, wie es seine Absicht war. Guest hatte oft mit dem Doktor geschäftlich zu tun gehabt; er kannte Poole; aller Wahrscheinlichkeit nach hatte er gehört, welche Vertrauensrolle Mr. Hyde dort im Hause spielte; er konnte Schlüsse ziehen. War es daher nicht geraten, ihm einen Brief zu zeigen, der dies Rätsel lösen konnte? Vor allem, da Guest, ein eifriger und begabter Handschriftendeuter, diesen Schritt als ganz natürlich und verpflichtend empfinden mußte? Der Sekretär war überdies scharfsinnig; er würde kaum ein so sonderbares Schreiben lesen, ohne sich darüber zu äußern; und dieser Hinweis konnte für Mr. Uttersons weitere Schritte wichtig sein.

»Das furchtbare Ende Sir Danvers' ist ein trauriges Ereignis«, sagte er.

»Das kann man wohl sagen, Sir. Es hat die Öffentlichkeit sehr erregt und erschüttert«, entgegnete Guest. »Der Mensch war natürlich irrsinnig.«

»Darüber möchte ich Ihre Ansicht hören«, erwiderte Utterson. »Ich habe hier einen von ihm geschriebenen Brief; Ihnen zeige ich ihn ganz im Vertrauen, weil ich noch unschlüssig bin, was ich damit anfangen soll. Eine grauenhafte Angelegenheit auf jeden Fall. Aber hier ist das Schreiben; etwas für Sie: eines Mörders Autogramm.«

Guests Augen leuchteten auf; er setzte sich gleich mit dem Schriftstück hin und begann es mit leidenschaftlichem Eifer zu betrachten. »Nein, Sir«, stellte er fest; »er ist nicht irrsinnig; aber eine sonderbare Handschrift ist es.«

»Und ein sehr sonderbarer Schreiber, auf alle Fälle«, setzte der Anwalt hinzu.

In diesem Augenblick kam der Diener und brachte einen Brief.

»Ist das nicht von Dr. Jekyll, Sir?« fragte der Sekretär. »Die Schrift kam mir bekannt vor. Steht Persönliches darin, Mr. Utterson?«

»Nur eine Einladung zum Abendessen. Warum? Möchten Sie die Zeilen sehen?«

»Einen Augenblick. Danke sehr, Sir.« Der Sekretär legte die beiden Blätter nebeneinander und verglich die Schriftzüge aufmerksam. »Danke, Sir«, sagte er schließlich und gab beide Schriftstücke zurück; »in der Tat, sehr interessant.«

Ein Schweigen entstand, während dessen Mr. Utterson mit sich kämpfte. »Warum haben Sie die beiden Schriften verglichen, Guest?« fragte er dann plötzlich.

»Weil, Sir«, erwiderte der Sekretär, »eine seltsame Ähnlichkeit besteht; beide Handschriften sind in vielem identisch, nur ist der Neigungswinkel anders.«

»Recht merkwürdig«, sagte Utterson.

»Es ist, wie Sie sagen, recht merkwürdig«, erwiderte Guest.

»Ich fände es besser, von diesem Schriftstück nicht zu sprechen, wissen Sie«, sagte der Chef.

»Gewiß, Sir«, sagte der Sekretär. »Ich verstehe.«

Sobald Mr. Utterson an diesem Abend allein war, verschloß er den Brief in seinem Geheimschrank, wo er von da an verblieb. Wie kann das sein! dachte er. Henry Jekyll sollte zugunsten eines Mörders Briefe fälschen! Und ihm wurde ganz kalt bei dem Gedanken.

Dr. Lanyons seltsames Erlebnis

Die Zeit verging; Tausende von Pfund wurden als Belohnung ausgesetzt, denn die Ermordung Sir Danvers' wurde als öffentliche Beleidigung betrachtet; aber Mr. Hyde war aus der Reichweite aller polizeilichen Nachforschung entschwunden, als habe er nie existiert. Vieles aus seiner Vergangenheit wurde ausgegraben, vieles – und nur Ungünstiges. Es kamen Geschichten von der so fühllosen und wilden Grausamkeit des Menschen heraus, von seinem unbeherrschten, zuchtlosen Leben, seinen seltsamen Kumpanen, dem Haß, der ihn umgab; doch über seinen Verbleib verlautete nicht das leiseste. Seitdem er das Haus in Soho am Morgen des Mordes verlassen hatte, war er wie vom Erdboden verschluckt. Und allmählich, je mehr Zeit verging, begann Mr. Utterson sich von der Erschütterung zu erholen und ruhiger zu werden. Der Mord an Sir Danvers war, wie ihm schien, durch das gänzliche Verschwinden von Mr. Hyde ausgeglichen. Nun, da dieser schlimme Einfluß nicht mehr wirksam war, begann ein neues Leben für Dr. Jekyll. Er lebte nicht mehr so zurückgezogen, erneuerte die Beziehungen zu seinen Freunden, wurde wieder ihr vertrauter Gast und Gastgeber; seine Wohltätigkeit war immer bekannt gewesen; jetzt zeichnete er sich nicht minder durch religiösen Eifer aus. Er war sehr viel beschäftigt, viel im Freien, tat Gutes; sein Gesicht leuchtete und erschloß sich, wie vom inneren Bewußtsein, Nützliches zu leisten; mehr als zwei Monate lang lebte der Doktor in Frieden.

Am 8. Januar hatte Utterson an einer kleinen Gesellschaft bei dem Doktor teilgenommen. Lanyon war auch zugegen gewesen, und der Blick des Gastgebers hatte die beiden Freunde oft gesucht wie zu der Zeit, als das Trio unzertrennliche Freundschaft verband. Am Zwölften und am Vierzehnten wurde der Anwalt nicht vorgelassen. »Der Herr Doktor verläßt sein Zimmer heute nicht«, bestellte Poole, »und kann niemanden empfangen.« Am Fünfzehnten machte er einen neuen Versuch und wurde wieder abgewiesen. Da er seit zwei Monaten gewohnt war, seinen Freund fast täglich zu sehen, bedrückte ihn diese erneute Vereinsamung. Am fünften Abend war Guest bei ihm; am sechsten begab er sich zu Lanyon.

Hier wenigstens wurde ihm der Zutritt nicht verwehrt; aber sehr erschrokken war er beim Eintreten über das Aussehen des Arztes. Daß er dem Tode verfallen war, konnte man in seinen Zügen lesen. Der rotwangige Mann sah fahl und hager aus; er war sichtlich kahler und älter geworden; dennoch waren es nicht so sehr diese Zeichen schnellen physischen Verfalls, die dem Anwalt auffielen, wie ein Etwas in seinem Blick und Verhalten, das auf tiefe seelische Erschütterung deutete. Furcht vor dem Tode schien bei dem Arzt kaum wahrscheinlich; und doch war Utterson versucht, etwas Derartiges anzunehmen. Ja, dachte er, er ist ein Arzt und muß seinen eigenen Zustand kennen und wissen, daß seine Tage gezählt sind; und diese Gewißheit ist vermutlich doch unerträglich für ihn. Als Utterson aber ein Wort über sein schlechtes Aussehen sagte, erklärte Lanyon mit großer Festigkeit, er sei ein verlorener Mann.

»Ich habe ein Erlebnis gehabt«, sagte er, »von dem ich mich nicht erholen werde. Es ist nur noch eine Frage von Wochen. Nun, das Leben war recht angenehm; ich liebte das Leben, ja, ich habe es wirklich geliebt. Zuweilen denke ich, wenn wir alles wüßten, dann schieden wir gern von der Erde.«

»Jekyll ist auch leidend«, bemerkte Utterson. »Hast du ihn gesehen?«

Da veränderte sich Lanyons Gesicht, und er hob eine bebende Hand. »Von Doktor Jekyll will ich nichts mehr hören und sehen«, sagte er mit lauter, unsicherer Stimme. »Mit diesem Menschen will ich nichts mehr zu tun haben; bitte, erspare mir jede Anspielung auf einen Mann, der für mich tot ist.«

»Beruhige dich doch«, sagte Utterson; und nach einer langen Pause fragte er: »Kann ich nicht irgend etwas tun? Wir drei sind alte Freunde, Lanyon; wir werden keine neuen Freundschaften mehr schließen.«

»Es ist nichts mehr daran zu ändern«, erwiderte Lanyon; »frage ihn selbst!«

»Er will mich nicht sehen«, sagte der Anwalt.

»Das wundert mich nicht«, war die Antwort. »Eines Tages, wenn ich erst tot bin, Utterson, wirst du vielleicht erfahren, was sich begeben hat. Ich kann es dir nicht sagen. Inzwischen aber, wenn du es fertigbringst, mir Gesellschaft zu leisten und von anderem mit mir zu reden, so tue es um Gottes willen und bleibe; wenn du aber nicht loskommst von diesem verdammten Thema, dann gehe in Gottes Namen, denn ich ertrage es nicht!«

Sobald er nach Hause gekommen war, setzte Utterson sich hin und schrieb an Jekyll, beklagte sich darüber, daß er ihn nicht empfinge, und erkundigte sich nach dem Grund des unseligen Zerwürfnisses mit Lanyon. Am nächsten Tag schon erhielt er eine lange Antwort, die sehr rührende und mehrere geheimnisvolle, unverständliche Stellen enthielt. Der Bruch mit Lanyon war unheilbar. »Ich beschwere mich nicht über unseren alten Freund«, schrieb Jekyll, »doch teile ich seine Meinung, daß wir uns nie mehr wiedersehen sollen. Ich gedenke von nun an mein Leben in größter Zurückgezogenheit zu führen; du mußt nicht erstaunt sein und auch nicht an meiner Freundschaft zweifeln, wenn meine Tür auch dir oft verschlossen sein wird. Du mußt mich allein meine dunkle Straße gehen lassen. Ich habe eine Strafe und Gefahr auf mich herabbeschworen, von denen ich nicht reden kann. Wenn ich der sündigsten Sünder einer bin, so bin ich auch einer der gequältesten Büßer. Ich hätte nie gedacht, daß auf dieser Erde so entmannende Ängste und Leiden möglich seien. Du kannst nur dadurch mein Geschick ein wenig erleichtern, Utterson, daß du mein Schweigen achtest.« Utterson war bestürzt; der finstere Einfluß Hydes war gebrochen, der Doktor hatte zu seinen alten Freunden und Interessen zurückgefunden; noch vor einer Woche schien ihm ein heiteres und ehrenvolles Alter in der Zukunft zu winken. In kurzen Stunden sollten nun Freundschaft, Seelenfriede und sein ganzer Lebensplan Schiffbruch erlitten haben? Eine so unerwartete und große Wandlung deutete auf Wahnsinn. Doch Lanyons Gebaren und seine Äußerungen ließen erkennen, daß es noch tiefere Gründe geben mußte.

Eine Woche später wurde Dr. Lanyon bettlägerig und starb vor Ablauf

einer zweiten Woche. Am Abend nach dem Begräbnis, das ihn schmerzlich bewegt hatte, verschloß Utterson die Tür seines Arbeitszimmers und legte bei trübem Kerzenschimmer einen von der Hand seines toten Freundes an ihn adressierten und mit seinem Siegel verschlossenen Umschlag vor sich hin. »Persönlich; nur zu Händen J. G. Uttersons und im Falle seines vorzeitigen Todes ungelesen zu vernichten«, so stand bedeutungsvoll darauf; und der Anwalt fürchtete sich davor, Kenntnis vom Inhalt zu nehmen. *Einen* Freund habe ich heute begraben, dachte er; soll mich dies einen weiteren kosten? Dann verbannte er seine Furcht als eine Treulosigkeit und erbrach das Siegel. Zum Vorschein kam ein zweiter, ebenfalls versiegelter Umschlag mit der Aufschrift: »Nicht zu öffnen vor dem Tode oder dem Verschwinden Dr. Henry Jekylls.« Utterson traute seinen Augen nicht. Gewiß, da stand »Verschwinden«; hier fand sich ebenso wie in dem tollen Testament, das er schon lange dem Verfasser zurückgegeben hatte, der Gedanke eines Verschwindens mit dem Namen Henry Jekylls verbunden. In dem Testament war dieser Gedanke der böse Vorschlag jenes Hyde gewesen; er ging dort aus einer furchtbaren Absicht hervor, die nur zu klar war. Was konnte es aber heißen, wenn Lanyon dies Wort schrieb? Große Neugier überfiel den Treuhänder; es drängte ihn, entgegen dem Verbote schon jetzt die Tiefe des Geheimnisses zu erforschen; aber Berufsehre und Treue gegen den verstorbenen Freund verpflichteten ihn, die Bestimmung zu achten; und so wanderte die rätselhafte Mitteilung in den hintersten Winkel seines Geheimschrankes.

Man kann Neugier und den Wunsch, etwas zu erfahren, wohl verdrängen, aber nur schwer überwinden; und es steht dahin, ob Utterson von diesem Tage an die Gesellschaft seines überlebenden Freundes gleich lebhaft begehrte. Er gedachte seiner wohl voller Freundlichkeit, aber seine Gedanken waren beunruhigt und besorgt. Er ging und suchte ihn auf; doch war er fast erleichtert, als ihm der Zutritt verwehrt wurde; vielleicht war es ihm insgeheim lieber, mit Poole an der Haustür zu sprechen, im Freien fast und von den Lauten der Stadt umbraust, als Einlaß zu finden in das Haus freiwilliger Gefangenschaft und bei dem geheimnisvollen Einsiedler zu sitzen und zu reden. Poole hatte wahrhaftig keine erfreulichen

Nachrichten zu übermitteln. Der Doktor hielt sich, wie es schien, mehr als je in dem Kabinett über dem Laboratorium auf, wo er sogar zuweilen schlief; er war niedergeschlagen, sehr still, las auch wenig; es war, als laste etwas schwer auf ihm. Utterson gewöhnte sich an diese immer gleichen Berichte, so daß nach und nach die Häufigkeit seiner Besuche sich minderte.

Die Begegnung am Fenster

Als Mr. Utterson am Sonntag seinen gewohnten Spaziergang mit Mr. Enfield machte, führte ihr Weg sie wiederum durch jene Seitenstraße. Sobald sie vor der Tür angelangt waren, blieben beide stehen und betrachteten sie.

»Mit dieser Geschichte wenigstens wäre es zu Ende«, meinte Enfield. »Von Mr. Hyde werden wir nichts mehr hören und sehen.«

»Hoffentlich nicht«, sagte Utterson. »Habe ich Ihnen eigentlich schon erzählt, daß ich ihn einmal gesehen habe und das gleiche Gefühl der Abneigung wie Sie empfand?

»Das eine mußte sich notwendig aus dem andern ergeben«, entgegnete Enfield. »Übrigens müssen Sie mich für einen Esel gehalten haben, weil ich nicht wußte, daß dies der Hintereingang der Besitzung Dr. Jekylls war! Eigentlich brachten Sie mich erst darauf, als ich es dann herausbekam.«

»So haben Sie es also entdeckt?« sagte Utterson. »Wenn das so ist, können wir in den Hofraum gehen und die Fenster einmal betrachten. Um Ihnen die Wahrheit zu sagen, ich mache mir Sorge wegen des armen Jekyll. Obwohl wir nur draußen sind, habe ich das Gefühl, als könnte ihm die Gegenwart eines Freundes wohltun.«

Der Hof war ein wenig kühl und feucht und von vorzeitiger Dämmerung erfüllt, obgleich der Himmel hoch über ihnen noch vom Sonnenuntergangslicht hell war. Das mittlere der drei Fenster stand halb offen; und dicht daneben saß mit einem Ausdruck unendlicher Niedergeschlagenheit, wie ein hoffnungsloser Gefangener, Dr. Jekyll, um frische Luft zu schöpfen.

»Jekyll, mein Lieber!« rief der Anwalt. »Hoffentlich geht es dir wieder besser.«

»Ich bin sehr schlecht daran, Utterson«, erwiderte der Doktor müde, »sehr schlecht daran. Es wird nicht mehr lange dauern, Gott sei Dank.«

»Du gehst viel zu wenig aus«, sagte der Anwalt. »Du solltest spazierengehen, wie Mr. Enfield und ich, damit dein Blut in Bewegung kommt. Gestatte – dies ist mein Vetter, Mr. Enfield – Dr. Jekyll. Komm doch, hole deinen Hut und laß uns ein wenig zusammen spazierengehen!«

»Du bist sehr lieb«, seufzte der Doktor. »Ich möchte es sehr gern; aber nein, nein, nein, es ist ganz unmöglich; ich darf es nicht wagen. Aber Utterson, ich bin unendlich froh, dich zu sehen. Ich würde dich und Mr. Enfield bitten, heraufzukommen, aber es ist wirklich zu ungemütlich hier.«

»Na ja«, meinte der Anwalt gutmütig, »dann ist es wohl das beste, wir bleiben, wo wir sind, und unterhalten uns von hier aus mit dir.«

»Gerade das ist es, was ich mir die Freiheit nehmen wollte, dir vorzuschlagen«, erwiderte der Doktor lächelnd. Doch kaum hatte er die Worte gesprochen, da schwand das Lächeln aus seinem Gesicht und machte einem Ausdruck grauenhafter Angst und fürchterlicher Verzweiflung Platz, so daß den beiden Herren unten im Hof das Blut in den Adern gerann. Sie sahen das nur einen kurzen Augenblick, denn das Fenster wurde sogleich geschlossen; aber dieser kurze Augenblick hatte genügt, und sie wandten sich und verließen wortlos den Hof. Sie durchschritten schweigend die stille Gasse, und erst als sie in die nahe Hauptstraße einbogen, wo sogar sonntags noch einiges Leben herrschte, wandte sich Mr. Utterson seinem Gefährten zu. Beide waren blaß, und in ihren Blicken lag das gleiche Grauen.

»Gott sei uns gnädig, Gott sei uns gnädig«, stammelte Utterson.

Mr. Enfield aber nickte sehr ernst und setzte in tiefem Schweigen seinen Weg fort.

Die letzte Nacht

Mr. Utterson saß eines Abends nach dem Essen an seinem Kamin, als ihm zu seiner Verwunderung Poole gemeldet wurde.

»Du lieber Himmel, Poole, was bringt Sie denn her?« rief er, sah ihn noch einmal an und fügte dann hinzu: »Was fehlt Ihnen denn? Ist der Doktor krank?«

»Mr. Utterson«, erwiderte der Mann, »es ist etwas nicht in Ordnung.«

»Setzen Sie sich, hier ist ein Glas Wein für Sie«, sagte der Anwalt. »Nehmen Sie sich Zeit und erzählen Sie mir ohne Umschweife, was Sie beunruhigt.«

»Sie kennen ja den Doktor und seine Art, Sir«, erwiderte Poole, »und wie er sich einschließt. Und jetzt hat er sich wieder im Laboratorium eingeschlossen; und mir ist's unheimlich, Sir – unheimlich ist's mir, ich will sterben, wenn's nicht wahr ist. Mr. Utterson, ich habe Angst ...«

»Nun, mein Bester«, sagte der Anwalt, »sprechen Sie doch ganz klar. Was befürchten Sie?«

»Seit einer Woche schon ist mir so unheimlich«, erwiderte Poole und wich der Frage eigensinnig aus, »und ich kann es nicht mehr aushalten.«

Das Benehmen des Mannes bestätigte seine Worte. Er war völlig verändert und unsicher, und nur in dem kurzen Augenblick, wo er seine Angst gestand, hatte er dem Anwalt voll ins Gesicht gesehen. Selbst jetzt saß er mit dem unberührten Glas Wein auf dem Knie und stierte in eine Ecke des Zimmers. »Ich halte es nicht mehr aus«, wiederholte er.

»Reden Sie doch«, sagte der Anwalt, »Sie haben gewiß gute Gründe für Ihre Unruhe, Poole; es ist sicher irgend etwas ernstlich aus den Fugen. Versuchen Sie doch, es mir zu erzählen!«

»Ich glaube, es ist was Schlimmes passiert«, sagte Poole heiser.

»Was Schlimmes!« rief der Anwalt sehr erschreckt und infolgedessen etwas gereizt. »Was Schlimmes? Was soll denn das heißen?«

»Ich wage es nicht zu sagen, Sir«, war die Entgegnung, »wollen Sie nicht mit mir kommen und sich selbst überzeugen?«

Statt einer Antwort stand Mr. Utterson auf und holte Hut und Mantel; aber voll Erstaunen gewahrte er die große Erleichterung, die sich in den Mienen des Dieners ausdrückte, und daß er keinen Schluck Wein getrunken hatte, als er das Glas niedersetzte, um ihm zu folgen.

Es war eine stürmische, kalte Vorfrühlingsnacht, mit einem blassen Mond, der aussah, als sei er vom Sturm umgeblasen worden und läge nun auf dem Rücken, ein liegendes Wrack, durchscheinend und mit weichen Konturen. Der Sturm machte das Reden schwer und trieb den schnell Ausschreitenden das Blut ins Gesicht. Er schien die Straßen ungewöhnlich leergefegt zu haben; denn Mr. Utterson dachte, er hätte diesen Teil von London noch nie so verlassen gesehen. Er wünschte, es wäre anders; nie im Leben hatte ihn so heißes Verlangen erfaßt nach der Nähe und dem Anblick seiner Mitgeschöpfe; denn sosehr er sich dagegen wehrte, seine Seele war vom lastenden Vorgefühl drohenden Unheils erfüllt. Als sie auf dem Platz vor dem Haus ankamen, wirbelte der Sturm den Staub hoch und peitschte die hageren Bäume im Garten gegen das Gitter. Poole, der auf dem ganzen Weg einige Schritte vorausgegangen war, hielt mitten auf dem Gehsteig inne, nahm trotz dem scharfen Wehen den Hut ab und wischte sich mit einem roten Taschentuch den Schweiß von der Stirne. Doch so schnell er auch gegangen war, nicht den Tau körperlicher Anstrengung tupfte er ab, sondern die Feuchte erstickender Angst; denn sein Gesicht war weiß und seine Stimme, als er sprach, rauh und gebrochen.

»Da wären wir, Sir«, sagte er, »gebe Gott, daß alles ist, wie es sein soll!«

»Amen, Poole«, sagte der Anwalt.

Dann klopfte der Diener sehr vorsichtig. Die mit der Sicherheitskette versperrte Tür wurde ein wenig aufgetan, und eine Stimme fragte von innen: »Sind Sie das, Poole?«

»Alles in Ordnung!« sagte Poole. »Öffnet nur!«

Die Halle war hell erleuchtet, als sie eintraten; ein mächtiges Feuer brannte, und sämtliche Diener, Männer und Frauen, standen dicht um den Kamin gedrängt wie eine Herde erschreckter Schafe. Das Hausmädchen brach beim Anblick Mr. Uttersons in hysterisches Schluchzen aus, die Köchin rief: »Gott sei Dank! Es ist Mr. Utterson«, und lief auf ihn zu, als wolle sie ihn in die Arme schließen.

»Was soll denn das bedeuten? Ihr seid alle hier?« sagte der Anwalt verlegen. »Sehr wenig passend, gar nicht in der Ordnung; Ihr Herr würde wohl nicht damit einverstanden sein, wenn er es wüßte.«

»Sie ängstigen sich alle«, sagte Poole.

Totenstille folgte, keiner widersprach; nur das Zimmermädchen weinte jetzt laut heraus.

»Nehmen Sie sich zusammen!« fuhr Poole sie in heftigem Ton an, der die Erregtheit seiner eigenen Nerven verriet. Als das Mädchen so plötzlich in unbeherrschtes Weinen ausbrach, waren alle zusammengezuckt und hatten die Gesichter in ängstlicher Erwartung der Tür im Hausinnern zugewandt. »Und jetzt«, sagte der Hausmeister zu dem Küchenjungen, »gib mir eine Kerze, wir wollen gleich ans Werk gehen!« Dann bat er Mr. Utterson, ihm zu folgen, und ging voraus in den Garten hinter dem Hause.

»Seien Sie so leise, Sir, wie Sie nur können. Ich möchte, daß Sie hören, möchte aber nicht, daß man Sie hört. Und dann, Sir, wenn er Sie möglicherweise bitten sollte, zu ihm ins Zimmer zu kommen, dann gehen Sie unter keinen Umständen hinein.«

Mr. Utterson zuckte bei diesem unerwarteten Nachsatz nervös zusammen. Dann bezwang er seine Furcht und folgte dem Diener in das Nebenhaus, wo sich das Laboratorium befand, und durchschritt mit ihm den Anatomiesaal mit seinem Wust von Flaschen und Körben. Am Fuß der Treppe blieben sie stehen. Poole bedeutete ihm durch ein Zeichen, sich an die Seite zu stellen und zu lauschen, während er selbst die Kerze niedersetzte, mit sichtbarer Willensanstrengung die Stufen erstieg und zaghaft an die mit rotem Fries bezogene Tür zum Arbeitsraum klopfte.

»Mr. Utterson, Sir, fragt, ob er Sie sprechen kann«, rief er und forderte den Anwalt nochmals durch ein eindringliches Zeichen auf, zu lauschen.

Eine Stimme antwortete in klagendem Ton von innen: »Sagen Sie ihm, daß ich niemanden empfangen kann.«

»Danke sehr, Sir«, sagte Poole, mit etwas wie Triumph in der Stimme, nahm seine Kerze wieder auf und führte Mr. Utterson über den Hof zurück und in die große Küche, wo das Feuer erloschen war und die Schaben über die Fliesen krochen. »Sir«, sagte er und starrte Mr. Utterson in die Augen, »war das die Stimme meines Herrn?«

»Sie klingt sehr verändert«, erwiderte der Anwalt, der blaß aussah, aber dem Blick des Dieners standhielt.

»Verändert? Ja, das sollte ich wohl meinen«, sagte der Mann. »Glauben Sie, ich habe einem Herrn zwanzig Jahre lang gedient und ließe mich dann über seine Stimme täuschen? Nein, Sir, meinen Herrn hat man umgebracht; schon vor acht Tagen hat man ihn beseitigt; wir hörten ihn aufschreien und Gott anrufen; und wer nun da drinnen ist an seiner Statt und warum dies Geschöpf sich dort aufhält, das ist etwas, das zum Himmel schreit, Mr. Utterson!«

»Das ist ja eine seltsame Geschichte, Poole, eine wahnwitzige Phantasie, mein Bester«, sagte Mr. Utterson und biß sich auf den Finger. »Angenommen, es wäre, wie Sie annehmen, angenommen, Dr. Jekyll wäre wirklich – nun, ermordet, was könnte denn den Mörder dazu bewegen, am Ort der Tat zu bleiben? Das ist doch ganz unwahrscheinlich. Es widerspricht aller Vernunft.«

»Mr. Utterson, Sie sind nicht leicht zu überzeugen, aber ich werde es doch fertigbringen«, sagte Poole. »Während der ganzen letzten Woche, müssen Sie wissen, hat er oder es oder was immer da im Laboratorium haust, Tag und Nacht nach irgendeiner Medizin verlangt, die nie so zu beschaffen war, wie sie sein sollte. Zuweilen pflegte er – der Herr, meine ich – seine Aufträge und Wünsche auf ein Blatt Papier zu schreiben und es vor die Tür zu legen. In der vergangenen Woche gab es nichts als das; nur Zettel bekamen wir zu sehen und eine verschlossene Tür, und sogar alle Mahlzeiten mußten dort hingestellt werden; sie wurden dann verstohlen hereingeholt, wenn es niemand sehen konnte. Alle Tage, Sir, jawohl, und zwei-, dreimal am gleichen Tage, regnete es Aufträge, Beschwerden und Klagen, und ich wurde in fliegender

Eile zu allen großen Apotheken und Handlungen für Chemikalien in der ganzen Stadt geschickt. Jedesmal, wenn ich das Zeug brachte, gab es fast sofort einen Zettel, auf dem stand, ich solle es umgehend zurückbringen, es sei nicht rein und unvermischt und die Bestellung müsse bei einer anderen Firma gemacht werden. Dies Mittel wird dringend benötigt, Sir, wer weiß wofür.«

»Haben Sie irgendeine dieser Bestellungen zur Hand?« fragte Mr. Utterson.

Poole fingerte in seinen Taschen und fand ein zerknülltes Blatt, das der Anwalt, sich nahe zur Kerze beugend, sorgfältig prüfte. Es stand darauf geschrieben: »Dr. Jekyll sendet den Herren Maw seine besten Empfehlungen. Er muß ihnen leider mitteilen, daß ihre letzte Lieferung nicht rein war und daher für seine Zwecke sich als unbrauchbar erweist. Im Jahre 18 . . hat Dr. Jekyll einen großen Vorrat des gleichen Präparates von der Firma M. gekauft. Er bittet die Herren nun, mit der allergrößten Sorgfalt nachzuforschen, ob von dem früheren Vorrat einwandfreier Qualität noch Reste vorhanden sind, und ihm diese umgehend zugehen zu lassen. Kosten spielen dabei keine Rolle. Diese Angelegenheit ist für Dr. Jekyll von der allergrößten Bedeutung.« So weit war der Brief noch ganz ordentlich geschrieben, dann aber war mit einem jähen spritzenden Ausfahren der Feder die Erregung des Schreibers durchgebrochen. »Um Gottes willen«, hatte er hinzugesetzt, »besorgen Sie mir von der alten, brauchbaren Substanz!«

»Das ist ein merkwürdiger Brief«, sagte Mr. Utterson und fuhr nicht ohne Schärfe fort: »Wie kommt es, daß er in Ihrem Besitz ist?«

»Der Herr bei Maws war sehr ärgerlich, Sir, und warf ihn mir wie einen Dreck auf den Tisch«, erwiderte Poole.

»Aber dies ist zweifellos des Doktors Handschrift, wissen Sie«, erklärte der Anwalt.

»Ich fand auch, daß die Schrift so aussieht«, gab der Diener ziemlich widerwillig zu und fuhr dann mit veränderter Stimme fort: »Aber was liegt an dem Wisch? Ich habe ihn doch gesehen!«

»Ihn gesehen?« wiederholte Utterson. »Nun, und –?«

»Das ist es ja!« sagte Poole. »Es war so. Ich trat vom Garten aus schnell in den Hörsaal ein. Er war wohl herausgeschlüpft, um nach diesem Medikament oder was es ist zu suchen; denn die Tür zum Laboratorium war offen, und er stand hinten im Saal und kramte in einem der Körbe. Als er mich kommen hörte, sah er auf, stieß einen leisen Schrei aus und verschwand mit einem Satz oben im Laboratorium. Nur eine Minute lang sah ich ihn, aber das Haar sträubte sich mir vor Entsetzen. Wenn es mein Herr war, Sir, warum hatte er dann eine Maske vor dem Gesicht? Wenn es mein Herr war, warum schrie er auf wie eine gejagte Ratte und lief vor mir davon? Ich habe ihm lange genug gedient. Und dann ...« Der Mann hielt inne und strich sich mit der Hand über das Gesicht.

»Das alles ist höchst sonderbar«, sagte Mr. Utterson, »aber ich beginne, glaube ich, zu begreifen. Ihr Herr, Poole, ist offenbar von einer jener Krankheiten befallen, die den Leidenden zugleich quälen und verunstalten; damit wird wohl die Veränderung seiner Stimme zu erklären sein wie auch die Maske und das scheue Ausweichen vor seinen Freunden. Daraus ergibt sich wohl auch sein unermüdliches Verlangen nach dem Mittel, von dem der Arme sich noch Heilung erhofft – gebe Gott, daß er sich nicht täuscht! Das ist meine Erklärung: sie ist wahrhaftig traurig genug, Poole, und wenn man sich vorstellt, was für Leiden er auszuhalten hat, schwindelt einem. Doch ist diese Erklärung einfach und natürlich, entbehrt nicht der Logik und erspart uns alle übertriebenen Befürchtungen.«

»Sir«, sagte der Diener und wurde aschfahl, »dies Geschöpf war nicht mein Herr, das ist die schlichte Wahrheit. Mein Herr« – hier sah er sich um und begann zu flüstern – »ist ein hochgewachsener, schöner Mann, und dies war eher eine Art Zwerg.« Utterson wollte widersprechen. »Oh, Sir«, rief Poole, »glauben Sie denn, ich kenne meinen Herrn nicht, nachdem ich ihm zwanzig Jahre gedient habe? Glauben Sie, ich weiß nicht, bis wohin sein Kopf reicht an der Tür des Laboratoriums, wo ich ihn jeden Morgen meines Lebens gesehen habe? Nein, Herr, das Wesen mit der Maske war nie und nimmer Doktor Jekyll – weiß Gott, wer es war, aber Doktor Jekyll war es ganz gewiß nicht, und ich bin felsenfest davon überzeugt, daß ein Mord begangen worden ist.«

»Poole«, entgegnete der Anwalt, »wenn Sie das sagen, machen Sie es mir zur Pflicht, die Wahrheit festzustellen. Sosehr ich wünsche, Ihres Herrn

Gefühle zu schonen, sosehr mich diese Zeilen verwirren, die doch zu beweisen scheinen, daß er noch am Leben ist, halte ich es für meine Pflicht, die Tür aufzubrechen.«

»Ach, Mr. Utterson, das ist ein rechtes Wort!« rief der Diener.

»Nun kommt die zweite Frage«, begann Utterson wieder, »wer soll es tun?«

»Sie und ich natürlich, Sir«, war die unerschrockene Antwort.

»Ausgezeichnet«, erwiderte der Anwalt; »was auch immer hieraus entsteht, ich werde dafür sorgen, daß es nicht Ihr Schaden ist.«

»Im Anatomiesaal ist eine Axt«, fuhr Poole fort; »und Sie könnten selbst vielleicht das Schüreisen aus der Küche nehmen.«

Der Anwalt hob dies grobe, wuchtige Gerät auf und prüfte seine Schwere. »Nicht wahr, Sie wissen, Poole«, sagte er aufblickend, »daß Sie und ich im Begriff stehen, etwas nicht ganz Ungefährliches zu unternehmen?«

»Das weiß ich wahrhaftig, Sir«, erwiderte der Diener.

»Es scheint mir geraten, daß wir offen sind«, sagte der andere. »Wir denken beide mehr, als wir ausgesprochen haben. Lassen Sie uns frei herausreden. Haben Sie die maskierte Gestalt erkannt, die Sie sahen?«

»Der Kerl lief so schnell, Herr, und war so zusammengeduckt, daß ich kaum einen Eid darauf leisten kann«, war die Antwort. »Fragen Sie mich aber, ob ich glaube, es sei Mr. Hyde gewesen, so muß ich sagen, ich glaube es wohl! Sehen Sie, er war von gleicher Größe ungefähr und hatte dieselbe seltsame leichte Behendigkeit; und wer sonst hätte denn zur Laboratoriumstür hereinkommen können? Sie erinnern sich vielleicht, Sir, daß er zur Zeit des Mordes den Schlüssel noch hatte? Das ist aber nicht alles. Ich weiß nicht, Mr. Utterson, ob Sie diesen Mr. Hyde jemals gesehen haben?«

»Doch«, sagte der Anwalt, »ich habe einmal mit ihm gesprochen.«

»Dann wissen Sie wohl, wie wir alle, daß etwas Unheimliches an dem Menschen war – etwas, das einem durch und durch ging, ich weiß nicht, wie ich mich ausdrücken soll – es lief einem kalt über den Rücken.«

»Ich muß zugeben, daß ich etwas in der Art, wie Sie's beschreiben, empfand«, sagte Mr. Utterson.

»Jawohl, Sir«, erwiderte Poole. »Als der Kerl mit der Maske wie ein Affe aus dem Stapel der Chemikalien aufsprang und ins Laboratorium schoß, da wurde mir eiskalt bis in die Knochen. Oh, ich weiß, das ist kein Beweis, Mr. Utterson, ich habe genug Schulbildung, um mir darüber klar zu sein; aber man hat doch sein Gefühl, und ich schwöre auf die Bibel, daß es Mr. Hyde war!«

»Wohl, wohl«, sagte der Anwalt. »Ich fürchte auch, daß es so ist. Auf Bösem beruhte wohl diese Verbindung – und nur Böses konnte aus ihr entstehen. Ich glaube auch, daß Sie recht haben. Ich fürchte, der arme Henry ist ermordet worden. Und mir scheint, sein Mörder – warum, das weiß Gott allein – lauert noch immer im Zimmer seines Opfers. Seien wir also die Rächer.«

Der zweite Diener wurde gerufen; er kam sehr blaß und aufgeregt.

»Nehmen Sie sich zusammen, Bradshaw«, sagte der Anwalt, »diese Spannung ist für euch alle schwer zu ertragen. Doch jetzt wollen wir ein Ende machen. Poole hier und ich, wir wollen den Eintritt ins Laboratorium mit Gewalt erzwingen. Wenn alles in Ordnung ist, so sind meine Schultern breit genug, alle Schuld zu tragen. Wenn jedoch wirklich etwas nicht stimmt, so könnte der Übeltäter möglicherweise durch den Hintereingang zu entkommen suchen; daher müssen Sie und der Junge sich dort aufstellen mit ein paar tüchtigen Stöcken und jene Tür des Laboratoriums bewachen. Wir warten zehn Minuten, bis Sie an Ort und Stelle sind.«

Als Bradshaw gegangen war, sah der Anwalt nach der Uhr. »Wir wollen uns nun ans Werk begeben, Poole«, sagte er, nahm das Schüreisen unter den Arm und ging dem Diener voran. Regenwolken hatten den Mond verhüllt, und es war jetzt ganz dunkel. Der Wind, der nur in unregelmäßigen Stößen in den tiefen Schacht des Hofes einfiel, ließ ihre Kerze unstet flackern, bis sie in das geschützte Innere des Hörsaals gelangten, in dem sie sich still hinsetzten und warteten. Der feierliche Orgelton Londons raunte ringsum. Doch in der Nähe wurde die Stille nur von einem rastlos wandernden Schritt im Laboratorium unterbrochen.

»Den ganzen Tag hört man das ruhelose Hin und Her«, flüsterte Poole, »und auch die ganze Nacht fast. Nur wenn eine neue Sendung chemischer Erzeugnisse eintrifft, gibt es eine kurze Pause. Ach, nur ein schlechtes Gewissen kann so ruhelos sein! Ach, Sir, jeder Schritt redet von vergossenem Blut! Aber hören Sie noch genauer hin, hören Sie mit dem Herzen, Mr. Utterson, und sagen Sie mir dann, ob das des Doktors Schritt ist?«

Die Schritte klangen leicht und seltsam beschwingt trotz einer gewissen Langsamkeit. Ganz anders klangen sie als der schwere, knarrende Gang Henry Jekylls. Utterson seufzte. »Hört man nie etwas anderes?« fragte er.

Poole nickte. »Einmal«, sagte er, »einmal hörte ich's weinen.«

»Weinen? Wie denn?« sagte der Anwalt, den jäh kaltes Grausen befiel.

»Weinen wie ein Weib oder eine verlorene Seele«, sagte der Diener. »Es lag mir zentnerschwer auf der Brust, ich hätte auch weinen können.«

Die zehn Minuten waren fast um. Poole zog die Axt unter einem Haufen Stroh hervor. Die Kerze wurde auf den nächsten Tisch gestellt, um ihnen für den Angriff zu leuchten, und mit angehaltenem Atem schlichen sie sich vor die Tür, hinter der das unermüdliche Auf und Ab, Auf und Ab in der Stille der Nacht vernehmbar war.

»Jekyll«, rief Utterson mit lauter Stimme, »ich möchte dich sprechen.« Er wartete eine Weile, aber es erfolgte keinerlei Antwort. »Ich möchte dich darauf aufmerksam machen, daß wir einen gewissen Verdacht haben; ich will und muß dich daher sehen«, erklärte er, »und wenn du nicht freiwillig öffnest, werden wir gewaltsam eindringen!«

»Utterson«, rief die Stimme, »um Gottes willen, sei barmherzig!«

»Das ist Jekylls Stimme nicht – Hydes Stimme ist es!« rief Utterson. »Nieder mit der Tür, Poole!«

Poole schwang die Axt hoch über die Schulter; der Schlag erschütterte das Gebäude, und die Tür mit dem roten Fries krachte in allen Fugen. Ein Schreckensschrei, wild und besinnungslos, kam aus dem Laboratorium. Wieder flog die Axt empor und krachte nieder, so daß Holzwerk, Schloß, Türangeln zitterten und klirrten; viermal schlug Poole zu, doch das Holzwerk war fest und das ganze Gefüge von guter Arbeit. Erst beim fünften Niedersausen der Axt brach der Riegel, und die zertrümmerte Türe fiel nach innen auf den Teppich.

Die Belagerer, von ihrem eigenen Getöse betäubt und von der folgenden Stille beeindruckt, traten ein wenig zurück und spähten in den Raum. Im ruhigen Lampenschein lag das Arbeitszimmer vor ihnen, ein helles Feuer brannte knisternd im Kamin, das Wasser im Teekessel sang seine leise Weise, einige Schubladen standen offen, wohlgeordnete Papiere lagen auf dem Arbeitstisch ausgebreitet, und in der Nähe des Feuers war zum Tee gedeckt. Das freundlichste Zimmer von der Welt, hätte man denken können, und auch das alltäglichste, das an diesem Abend in London zu finden war – abgesehen von den mit Chemikalien gefüllten Glasschränken.

Mitten auf dem Boden aber lag ein Mann mit furchtbar verkrampften, noch zuckenden Gliedern. Sie gingen auf den Zehenspitzen hin, wandten den Körper um und erblickten das Antlitz Edward Hydes. Die Kleider, die er trug, waren viel zu weit für ihn; es waren Kleider, die dem Doktor gepaßt hätten. Die Sehnen und Muskeln des Gesichtes bebten noch in einer Scheinlebendigkeit; aber alles Leben war entflohen, und die zerbrochene Ampulle und der starke Mandelgeruch in der Luft ließen Utterson erkennen, daß er vor einem Selbstmörder stand.

»Wir sind zu spät gekommen«, sagte er ernst, »um retten oder strafen zu können. Hyde steht nun vor dem höchsten Richter. Jetzt bleibt uns nur noch, die Leiche Ihres Herrn zu entdecken.«

Den größten Teil des Gebäudes nahmen der Anatomiesaal, der fast das ganze Erdgeschoß füllte und von oben erleuchtet war, und das Arbeitszimmer ein, das an einer Seite ein oberes Stockwerk bildete und auf den Hof hinausging. Ein Korridor verband den Hörsaal mit dem Eingang an der Nebenstraße, und von dort führte ein zweiter Treppenaufgang nach dem Laboratorium. Außerdem gab es noch eine Reihe von fensterlosen Gelassen und einen geräumigen Keller. Sie durchsuchten alles. Ein einziger Blick genügte, um sich zu vergewissern, daß alles leer und seit langem unbenutzt war, wie es der Staub, der von den Türen fiel, bezeugte. Der Keller war allerdings mit allerlei Gerümpel angefüllt, das zumeist aus der Zeit des Arztes stammte, der Dr. Jekylls Vorgänger gewesen war. Doch gleich beim Eintreten ergab sich, daß weitere Nachforschungen überflüssig seien; denn dichtverfilzte Gehänge aus Staub und Spinnweben, die seit Jahren den Eingang versperrt hatten, fielen herab. Nirgends war eine Spur weder vom lebenden noch vom toten Henry Jekyll.

Poole klopfte mit den Absätzen die Fliesen des Ganges ab.

»Hier muß er begraben sein«, sagte er und horchte, ob es irgendwo hohl klänge.

»Vielleicht ist er auch geflohen«, sagte Utterson und begab sich zu dem Ausgang nach der Nebenstraße. Er war verschlossen. Nicht weit davon fanden sie auf den Fliesen den rostigen Schlüssel.

»Der sieht nicht aus, als sei er benutzt worden«, bemerkte der Anwalt.

»Benutzt!« wiederholte Poole. »Sehen Sie nicht, Sir, daß er zerbrochen ist? So, als ob jemand darauf getreten hätte?«

»Richtig«, fuhr Utterson fort, »und die Bruchstellen sind auch verrostet.« Die beiden Männer sahen sich verdutzt an. »Dies geht über meinen Verstand, Poole«, sagte der Anwalt. »Lassen Sie uns ins Arbeitszimmer zurückgehen!«

Sie stiegen schweigend die Treppe hinauf und begannen, ab und zu einen scheuen Blick auf den Toten werfend, das Innere des Laboratoriums genauer zu untersuchen. Auf einem Tisch fanden sich Spuren chemischer Arbeit, verschiedene, offenbar genau bemessene Mengen eines weißen Salzes lagen auf Glasplatten wie zu einem Experiment, zu dem der Unselige nicht mehr gekommen war.

»Das ist das gleiche Zeug, das ich ihm immer besorgen mußte«, sagte Poole; während er noch sprach, kochte der Kessel über, so daß sie erschrocken an den Kamin eilten.

Hier stand ein gemütlicher Lehnsessel und dicht daneben ein fertiges Teegedeck; der Zucker lag schon in der Tasse. Auf einem Bücherbord standen mehrere Bände. Einer lag offen neben dem Teegeschirr, und Utterson war äußerst erstaunt, als er fand, daß es ein frommes Werk war, über das Jekyll sich mehrmals sehr bewundernd geäußert hatte, mit Randglossen lästerlicher Art von seiner Hand versehen.

Der nächste Gegenstand, zu dem sie bei der genauen Betrachtung des Raumes gelangten, war der große dreiteilige Drehspiegel, in dessen Tiefe sie mit unwillkürlichem Grauen schauten. Aber er war so gestellt, daß sie nichts sahen als nur den tanzenden rosigen Schimmer der Flammen an der Decke, den hundertfach aufglühenden Widerschein im Glas der Schränke rings an den Wänden und ihre eigenen bleichen und erschreckten Gesichter, die vorgebeugt in ihn hineinspähten.

»Dieser Spiegel hat gewiß merkwürdige Dinge zu sehen bekommen, Sir«, flüsterte Poole.

»Sicher nichts, das merkwürdiger ist, als daß er überhaupt da ist«, gab der Anwalt ebenso leise zurück. »Wofür hat Jekyll« – er hielt mit einem Zusammenzucken inne bei dem Namen, überwand dann aber seine Schwäche, »wofür hat Jekyll ihn wohl gebraucht?« fragte er.

»Das muß man wohl fragen!« murmelte Poole.

Dann wandten sie sich dem Arbeitstisch zu. Auf dem Pult lag bei wohlgeordneten Papieren obenauf ein großer Umschlag, auf dem in der Handschrift des Doktors der Name Mr. Uttersons stand. Als der Anwalt ihn entsiegelte, fielen mehrere Blätter und ein Päckchen zu

Boden. Das erste war ein Testament des gleichen außergewöhnlichen Inhalts wie jenes vor sechs Monaten zurückgegebene, das als Vermächtnis im Todesfalle, als Schenkung im Falle des Verschwindens gelten sollte. Doch statt des Namens von Edward Hyde las der Anwalt mit unbeschreiblicher Verwunderung den Namen Gabriel John Utterson. Er sah Poole an, dann dies unverständliche Testament, zuletzt den toten Übeltäter auf dem Teppich.

»Mir schwindelt«, sagte er. »Er hatte dies Papier tagelang in seiner Gewalt, konnte es vernichten. Er hatte keinen Grund, mir geneigt zu sein; es muß ihn doch tief erbittert haben, sich zurückgesetzt zu sehen, und dennoch zerstörte er dies Dokument nicht.«

Er las das zweite Blatt. Es enthielt eine kurze Botschaft von des Doktors Hand; das Datum stand oben vermerkt. »Oh, Poole!« rief der Anwalt, »er lebt und war heute noch hier. Man kann ihn nicht in so kurzer Zeit beiseitegebracht haben, er muß noch leben, muß geflohen sein! Und dann, warum geflohen? Und wie? Und können wir in dem Falle überhaupt diesen Selbstmord verstehen? Wir müssen sehr vorsichtig sein. Mir schwant, daß wir Ihren Herrn noch in irgendeine schreckliche Katastrophe verwickeln könnten.«

»Warum lesen Sie nicht, was da steht, Sir?« fragte Poole.

»Weil ich mich davor fürchte«, erwiderte der Anwalt feierlich. »Gebe Gott, daß dazu kein Anlaß besteht!« Damit nahm er das Papier und las das Folgende:

»Mein lieber Utterson. – Wenn Dir dies in die Hände fallen wird, werde ich nicht mehr sein. Wie sich das ergeben wird, vermag ich nicht vorauszusehen; doch mein Gefühl und alle Umstände meiner beispiellosen Lage künden mir die Nähe und Unvermeidlichkeit des Endes. Geh und lies zuerst den Bericht, den Lanyon Dir übergeben wollte, wie er mir androhte. Wenn Du dann noch mehr erfahren willst, wende Dich der Beichte zu Deines unwürdigen und unglücklichen Freundes Henry Jekyll.«

»War sonst noch etwas in dem Umschlag?« fragte Utterson.

»Hier, Sir«, sagte Poole und reichte ihm ein mehrfach versiegeltes, ziemlich umfangreiches Päckchen.

Der Anwalt ließ es in die Tasche gleiten. »Es ist besser, nichts von diesen Papieren zu sagen. Wenn Ihr Herr geflohen oder tot ist, können wir wenigstens seinen Ruf retten. Jetzt ist es zehn Uhr; ich muß nach Hause gehen und dies Dokument in Ruhe lesen. Aber vor Mitternacht werde ich zurück sein, und dann benachrichtigen wir die Polizei.«

Sie gingen und schlossen die Tür des Hörsaales hinter sich ab. Während die Dienerschaft am Kamin in der Halle blieb, hastete Utterson zu seiner Wohnung zurück, um die zwei Berichte zu lesen, die des Rätsels Lösung enthalten sollten.

Dr. Lanyons Bericht

»Am neunten Januar, heute vor vier Tagen, erhielt ich mit der Abendpost einen eingeschriebenen Brief, auf dessen Umschlag ich die Schrift meines Kollegen und alten Schulkameraden Henry Jekyll erkannte. Diese Sendung setzte mich nicht wenig in Erstaunen, denn wir korrespondierten nicht miteinander. Ich war am Abend zuvor mit ihm zusammengewesen und hatte mit ihm gegessen. Nichts in unserer Unterhaltung konnte erklären, warum er mir einen eingeschriebenen Brief schickte. Der Inhalt mehrte noch meine Verwunderung, denn folgendes stand in dem Brief:

10. Dezember 18 . .

Lieber Lanyon – Du bist einer meiner ältesten Freunde, und wenn wir auch vielleicht in wissenschaftlichen Fragen verschiedener Meinung waren, so hat, wenigstens kann ich das von mir sagen, unsere Zuneigung niemals eine Einbuße erlitten. Jederzeit wäre ich bereit gewesen, mein Vermögen oder meine linke Hand zu opfern, um Dir zu helfen, hättest Du zu mir gesagt: ›Jekyll, mein Leben, meine Ehre, mein Verstand hängen von Dir ab!‹ Lanyon, mein Leben, meine Ehre, mein Verstand sind in Deiner Macht; wenn Du mich jetzt im Stich läßt, bin ich verloren. Nach dieser Vorrede könntest Du glauben, ich wollte etwas Unehrenhaftes von Dir erbitten. Urteile selbst!

Ich erbitte von Dir, daß Du heute abend alle anderen Verabredungen aufschiebst, ja, daß Du, würdest Du selbst an das Krankenbett eines Kaisers gerufen, ihm absagst, daß Du einen Wagen nimmst, wenn Dein Wagen nicht gerade bereit steht, und mit diesem Brief, der notwendige Angaben enthält, geradewegs zu meinem Hause fährst. Poole, mein Diener, hat genaue Weisungen. Er wird mit einem Schlosser Deine Ankunft erwarten. Die Tür meines Laboratoriums soll dann aufgebrochen werden; dann sollst Du es allein betreten, den Glasschrank mit dem Buchstaben E auf der linken Seite öffnen, den Riegel aufbrechen, wenn er verschlossen sein sollte, und die vierte Schublade von oben – oder von unten die dritte – mit dem ganzen Inhalt, wie er ist, herausziehen. In meiner großen Erregung bin ich von der krankhaften Furcht besessen, ich könnte Dir falsche Angaben machen; doch selbst wenn ich mich irre, kannst Du die richtige Schublade an ihrem Inhalt erkennen: verschiedene Pulver, eine Ampulle und ein Schreibheft. Diese Schublade bitte ich Dich in ebendem Zustand, wie Du sie vorfindest, mit Dir nach dem Cavendish-Platz zu nehmen.

Das ist der erste Teil des Dienstes, den ich von Dir erbitte. Nun zum zweiten. Du müßtest, wenn Du gleich nach Empfang dieser Zeilen aufbrichst, lange vor Mitternacht zurück sein; doch möchte ich Dir so viel Zeit lassen, nicht nur aus Furcht vor einem jener Zwischenfälle, die weder verhindert noch vorhergesehen werden können, sondern auch, weil ein Zeitpunkt, wenn Deine Diener zu Bett gegangen sind, erwünschter ist für das, was dann noch zu tun bleibt. Um Mitternacht also bitte ich Dich allein in Deinem Sprechzimmer zu sein und selbst einen Mann ins Haus einzulassen, der sich in meinem Namen einfinden wird, und ihm die mitgebrachte Schublade aus dem Schrank meines Laboratoriums zu übergeben. Damit hast Du dann alles ausgeführt, was ich von Dir erbitte, und kannst meiner ewigen Dankbarkeit gewiß sein. Fünf Minuten danach wirst Du, bestehst Du auf einer Erklärung, begreifen, daß die Ausführung des Erbetenen von allergrößter Wichtigkeit war und daß, unterließest Du etwas davon, so phantastisch dies alles auch klingen mag, Dein Gewissen vielleicht mit meinem Tode oder dem Schiffbruch meines Verstandes belastet wäre.

Wenn ich auch das Vertrauen habe, daß Du diese Bitte nicht leichtnehmen wirst, so stockt mir der Herzschlag und bebt mir die Hand beim bloßen Gedanken an eine solche Möglichkeit. Denke meiner, ich bin zu dieser Stunde an einem fremden Ort die Beute finsterster Verzweiflung, die keine noch so lebhafte Phantasie zu übertreiben vermöchte, und weiß doch auch: Handelst Du genau nach meiner Weisung, so endet meine Not wie eine Geschichte, die auserzählt ist. Hilf mir, mein lieber Lanyon, und rette

Deinen Freund H. J.

P.S. – Ich hatte dies schon versiegelt, da stiegen neue Ängste in mir auf. Es könnte ja sein, daß die Post säumig ist und dieser Brief erst morgen früh in Deine Hände gelangt. In diesem Falle, lieber Lanyon, führe bitte meinen Auftrag im Lauf des Tages aus, wann immer es Dir am bequemsten ist; und erwarte meinen Boten nochmals um Mitternacht. Es kann dann schon zu spät sein, und wenn auch die zweite Nacht ohne Hilfe verstreicht, dann weißt Du, daß Du Henry Jekyll niemals wiedersehen wirst.

Nachdem ich diesen Brief gelesen hatte, schien mir sicher, daß mein Kollege wahnsinnig geworden war; doch ehe das wirklich erwiesen war, fühlte ich mich verpflichtet, seine Bitte zu erfüllen. Je weniger ich diese wirren Worte verstand, um so weniger konnte ich beurteilen, wie wichtig sie waren. Keinesfalls durfte ein so dringender Anruf ungehört verhallen; das wäre eine allzu schwere Verantwortung gewesen. Daher stand ich vom Tisch auf, nahm einen Wagen und fuhr sogleich zu Dr. Jekyll. Der Diener erwartete mich; er hatte mit gleicher Post wie ich einen eingeschriebenen Brief mit Weisungen erhalten und sogleich einen Schlosser und einen Tischler holen lassen. Die Handwerker kamen, während wir noch sprachen. Gemeinsam begaben wir uns in des alten Dr. Denmans Anatomiehörsaal, von dem aus – wie Sie wohl wissen – Jekylls Laboratorium leicht zu erreichen ist. Die Tür war sehr massiv, das Schloß ausgezeichnet gearbeitet. Der Tischler gestand, es würde viel Mühe kosten und viel Schaden müßte angerichtet werden, wenn man Gewalt anwenden wollte. Der Schlosser war der Verzweiflung nahe; er war aber ein gewandter Geselle, und nach zweistündiger Arbeit öffnete sich die Tür. Der mit E bezeichnete Glasschrank war unverschlossen. Ich nahm die angegebene Schublade heraus, ließ sie mit Stroh ausfüllen und in ein Tuch einwickeln und nahm sie mit nach Hause.

Hier untersuchte ich den Inhalt. Die Pulver schienen recht säuberlich verpackt, doch nicht mit der Sorgfalt des beruflichen Chemikers; es lag auf der Hand, daß Jekyll selbst sie zubereitet hatte. Als ich eine der Papierhüllen öffnete, fand ich darin etwas wie ein einfaches, kristallinisches Salz von weißer Farbe. Die Ampulle, der ich dann meine Aufmerksamkeit zuwandte, war annähernd zur Hälfte gefüllt mit einer blutroten Flüssigkeit von sehr starkem und scharfem Geruch, die Phosphor und Äther zu enthalten schien. Die anderen Bestandteile vermochte ich nicht zu erraten. Das Buch war ein gewöhnliches Notizbuch und enthielt nur eine Reihe von Daten. Diese zogen sich über eine Zeitspanne von mehreren Jahren hin; doch nahm ich wahr, daß die Eintragungen ungefähr vor einem Jahr ganz plötzlich abbrachen. Hier und da stand eine kurze Bemerkung bei einem Datum, meist nicht mehr als nur ein Wort: ›doppelt‹ kam vielleicht sechsmal vor in einer Gesamtheit von mehreren hundert Eintragungen; einmal, zu Beginn der Liste und mit mehreren Ausrufungszeichen versehen, stand da auch ›gänzlicher Mißerfolg!!!‹. Reizte all dies auch meine Neugier, so gab es mir doch wenig Aufschluß. Da war eine Phiole mit irgendeiner Tinktur, ein Papierumschlag mit irgendeinem Salz und Angaben über eine Reihe von Experimenten, die – wie so viele der Versuche Jekylls – zu keinerlei praktischen Ergebnissen geführt hatten. Wie konnte das Vorhandensein dieser Dinge in meinem Haus auf Ehre, Gesundheit oder Leben meines wahnsinnigen Kollegen einen Einfluß ausüben? Wenn sein Bote an einen Ort gehen konnte, warum konnte er dann nicht ebensogut auch einen anderen aufsuchen? Und selbst wenn es irgendein Hindernis gab, warum mußte dieser Sendling so geheimnisvoll empfangen werden? Je länger ich über all dies nachdachte, um so wahrscheinlicher kam mir vor, daß ich es mit einem Fall von Geisteskrankheit zu tun hätte; und obzwar ich meine Dienstboten zu Bett schickte, lud ich doch einen alten Revolver, um mich gegebenenfalls verteidigen zu können.

Es hatte kaum Mitternacht geschlagen, da wurde sehr leise an die Haustür geklopft. Ich ging, öffnete selbst die Türe und sah einen kleinen Mann, der sich scheu an die Säulen des Eingangs drückte.

›Kommen Sie von Dr. Jekyll?‹ fragte ich.

Durch eine krampfig-verhaltene Bewegung bedeutete er mir ›ja‹; und als ich ihn ins Haus bat, folgte er mir erst, nachdem er einen forschenden Blick zurück in die Dunkelheit des Platzes geworfen hatte. Ein Polizist ging unweit vorüber, die offene Blendlaterne vor sich, und es kam mir vor, als schrecke mein Besucher bei diesem Anblick zusammen und beeile sich, ins Haus zu kommen.

Dies, muß ich sagen, machte mir einen unangenehmen Eindruck, und als ich hinter ihm das hell erleuchtete Sprechzimmer betrat, umfaßte ich die Waffe in meiner Tasche fester. Ich konnte ihn jetzt genau betrachten. Eines war gewiß: Ich hatte ihn noch nie gesehen. Er war klein, wie ich schon sagte; sehr beeindruckten mich ferner der erschreckende Ausdruck seines Gesichtes, die bei einem so zarten Körperbau erstaunliche Behendigkeit und schließlich in nicht geringem Maß das seltsame, durch seine Nähe hervorgerufene Gefühl der Beunruhigung. Sie bewirkte ein eisiges Erstarren, und ich spürte deutlich ein Absinken des Pulses. Damals schob ich es auf eine lebhafte Regung persönlichen Widerwillens und wunderte mich nur über die Heftigkeit der Symptome. Heute aber scheint mir, daß die Ursache viel tiefer im menschlichen Wesen liegt und wohl edleren Regungen entspringt als dem Gefühl der Abneigung.

Der nächtliche Besucher – der also vom ersten Augenblick an

etwas in mir auslöste, das ich nur als haßerfüllte Neugier bezeichnen kann – war in einer Art gekleidet, die eine gewöhnliche Person nur lächerlich gemacht hätte. Seine Kleider waren nämlich, wenn auch von gutem Schnitt und Material, viel zu groß für ihn in jeder Weise: Die Hosen umschlotterten seine Beine und waren hoch heraufgekrempelt, weil er sonst gestolpert wäre; der Hüfteinschnitt der Jacke baumelte über den Oberschenkeln, und die Kragenöffnung klaffte fast bis zur Schulter. Kaum glaublich klingt es, wenn ich sage, daß mich dieser groteske Aufzug kaum zum Lachen stimmte. Er wirkte eher – da das Geschöpf vor mir so durch und durch unnatürlich und verwachsen schien und etwas Überwältigendes, Bestürzendes und Widerwärtiges hatte –, als sei diese Unstimmigkeit dem übrigen angepaßt und brächte es stärker zur Geltung, so daß mein Interesse an dem Wesen und Charakter dieses Mannes noch durch die Neugier vermehrt wurde, die nach Herkunft, Lebenslauf, Vermögenslage und Stellung in der Welt fragt.

Diese Beobachtungen, die bei der Niederschrift so viel Raum einnehmen, machte ich gleich in den ersten Sekunden. Mein Besucher ließ mir keine Zeit; er glühte in düsterer Erregung.

›Haben Sie alles?‹ rief er. ›Haben Sie das Erbetene?‹ Und so groß war seine Ungeduld, daß er die Hand auf meinen Arm legte und den Versuch machte, mich zu schütteln.

Ich entzog mich ihm; bei seiner Berührung rann es mir eiskalt durch die Adern. ›Nur Ruhe‹, sagte ich. ›Sie vergessen, daß ich noch nicht das Vergnügen hatte, Ihre Bekanntschaft zu machen. Bitte, nehmen Sie Platz!‹ Ich ging ihm mit gutem Beispiel voran, setzte mich in meinen gewohnten Sessel und suchte mich nach Möglichkeit zu benehmen, wie ich mich sonst beim Besuch von Patienten verhalte, soweit mir das die späte Stunde, mein Unbehagen und der Abscheu, den mir mein Besucher einflößte, gestatteten.

›Ich bitte um Vergebung, Dr. Lanyon‹, entgegnete er sehr höflich. ›Sie haben völlig recht, und meine Ungeduld ist der Höflichkeit zuvorgekommen. Ich suche Sie auf im Namen Ihres Kollegen, Dr.

Jekyll, in einer Angelegenheit von großer Wichtigkeit; und wie mir mitgeteilt worden ...‹ Er hielt inne und griff sich an den Hals, und ich bemerkte trotz seiner Gefaßtheit, daß er mit einem hysterischen Ausbruch kämpfte. ›... wie mir mitgeteilt worden ist – eine Schublade ...‹

Doch nun erbarmte ich mich der qualvollen Spannung meines Besuchers und gab vielleicht auch meiner eigenen wachsenden Neugier nach.

›Dort ist das Schubfach‹, sagte ich und deutete auf die hinter einem Tisch liegende, noch immer mit dem Tuch verhüllte Lade.

Er sprang auf sie zu, blieb dann stehen und preßte die Hand aufs Herz; ich hörte, wie ihm in nicht zu bändigender Erregung die Zähne aufeinanderschlugen; sein Gesicht war so schrecklich anzusehen, daß ich für sein Leben wie für seinen Verstand fürchtete.

›Fassen Sie sich!‹ sagte ich.

Er sah mich mit einem entsetzlichen Lächeln an und riß dann wie mit verzweifeltem Entschluß das verhüllende Tuch herunter. Als er den Inhalt gewahrte, schluchzte er laut auf in so ungeheuerlicher Erleichterung, daß ich wie versteinert dasaß. Im nächsten Augenblick fragte er mit einer Stimme, die schon fast wieder beherrscht klang: ›Haben Sie einen Meßbecher?‹

Ich erhob mich mit einiger Mühe und gab ihm, was er verlangte.

Er dankte mir mit einem lächelnden Nicken, ließ ein bestimmtes Quantum der roten Tinktur in das Glas tröpfeln und schüttete eines der Pulver dazu. Das zuerst rötliche Gemisch begann, je mehr die Salzkristalle schmolzen, eine lebhaftere Färbung anzunehmen, merklich zu schäumen und aufzudampfen. Jäh und unvermittelt endete dann die Wallung, und die Flüssigkeit wandelte sich zu dunklem Purpur, der allmählich zu wässerigem Grün verblaßte. Mein Besucher, der diese Wandlungen mit aufmerksamem Auge verfolgte, lächelte, setzte das Glas auf den Tisch, wandte sich um und sah mich dann forschend an.

›Und nun‹, sagte er, ›zu dem, was noch zu tun ist. Werden Sie klug sein und auf meinen Rat hören? Werden Sie mir gestatten, das Glas zu nehmen und Ihr Haus ohne weiteres zu verlassen? Oder sind Sie schon allzusehr die Beute der Neugier? Überlegen Sie gut, ehe Sie antworten; denn ich werde nach Ihrem Willen handeln. Je nachdem Sie entscheiden, werden Sie bleiben, was Sie waren, weder reicher noch klüger sein, wenn man nicht den einem Menschen in tödlicher Verzweiflung geleisteten Dienst als Reichtum betrachten will. Oder aber es werden Ihnen neue Gebiete des Wissens und neue Wege zu Ruhm und Macht eröffnet, hier, in diesem Zimmer, und allsogleich; Sie sollen dann ein Wunder staunend mit ansehen, vor dem selbst Satans Unglaube zuschanden würde.‹

›Herr‹, sagte ich und suchte eine kühle Unbefangenheit zur Schau zu tragen, ›Sie reden in Rätseln und werden sich wohl nicht wundern, daß ich Ihre Worte zwar vernehme, aber Ihnen nicht allzuviel Glauben schenke. Aber ich bin zu weit gegangen in der Leistung unverständlicher Dienste, um nun auf halbem Wege stehenbleiben und mich bescheiden zu wollen.‹

›Dann ist es gut‹, erwiderte mein Besucher. ›Lanyon, denken Sie an Ihren Berufseid: Das folgende geschieht unter dem Siegel ärztlicher Verschwiegenheit. Und nun – Sie, der Sie so lange die engsten und materiellsten Ansichten vertreten haben, Sie, der Sie die Möglichkeit einer transzendentalen Medizin bestritten, der Sie jene verlacht haben, die Ihnen an Wissen überlegen waren – schauen Sie her!‹

Er setzte das Glas an die Lippen und leerte es in einem Zug. Dann schrie er auf, wankte, taumelte, klammerte sich haltsuchend am Tischrand fest, stierte mit blutunterlaufenen Augen um sich, keuchte mit weit offenem Munde; und wie ich ihn ansah, schien es, als ginge eine Veränderung mit ihm vor – es war, als wüchse er, quölle über seine Umrisse hinaus – sein Gesicht wurde plötzlich schwarz, die Züge schienen zu schmelzen und sich umzuformen – und im nächsten Augenblick sprang ich auf und wich gegen die Wand zurück, hob den Arm, um mich zu schützen, um, von Grauen geschüttelt, den unglaubhaften Anblick abzuwehren.

›O Gott! O Gott!‹ schrie ich immer wieder; denn da stand vor meinen Augen – blaß und bebend, halb ohnmächtig und mit den Händen wirr in der Luft umhertastend, wie ein vom Tode Erstandener – Henry Jekyll!

Was er mir dann im Lauf der nächsten Stunde anvertraute, kann ich mich nicht entschließen, dem Papier anzuvertrauen. Ich sah und hörte, was er tat und sprach, und fühlte mich matt und elend; und trotzdem frage ich mich jetzt, da ich das alles nicht mehr vor Augen habe, ob ich es glaube, und finde keine Antwort. Mein Leben ist bis in seine Wurzeln erschüttert; der Schlaf flieht mich; ich bin die Beute grauenvollster Angst bei Tag und Nacht. Meine Tage sind gezählt, das fühle ich, und ich muß sterben; und doch werde ich ungläubig dahingehen. An die moralische Verderbtheit aber, die mir dieser Mann enthüllte, wenn auch mit Tränen der Reue, vermag ich nur mit Schaudern zu denken. Nur eines will ich sagen, Utterson, und das – wenn Sie zu glauben vermögen – wird übergenug sein. Das Wesen, das sich nächtlicherweise in mein Haus schlich, war, wie Jekyll selbst gestand, unter dem Namen Hyde bekannt und wurde im ganzen Land weit und breit wegen des Mordes an Carew gesucht.

Hastie Lanyon.«

Henry Jekylls Darlegung des Falles

»Ich wurde im Jahre 18 . . in glänzenden Verhältnissen geboren, reiche Begabungen waren mir außerdem zuteil geworden, ich war meinem Wesen nach fleißig und mühte mich, die Achtung der Weisen und Guten unter meinen Mitmenschen zu erwerben. So schien mir eine ehrenvolle und rühmliche Zukunft sicher. Mein schlimmster Fehler war eine gewisse ruhelose Vergnügungssucht, wie sie vielen Glück bringt, die ich jedoch schwer vereinbar fand mit meinem gebieterischen Hang, den Kopf hoch zu tragen und mich vor den Augen der Welt in ungewöhnlich würdiger Haltung zu zeigen. So kam es dazu, daß ich meine Vergnügungen verheimlichte. Als ich älter und nachdenklicher wurde und mich umzusehen begann und mein Fortkommen und meine Stellung in der Welt erwog, da ergab sich, daß ich schon einer tief eingewurzelten Doppellebigkeit verfallen war. Mancher Mann wäre sogar stolz gewesen auf die Unregelmäßigkeiten, die ich mir zuschulden kommen ließ, und hätte sich ihrer gerühmt; doch von der hohen Warte aus, die ich bezogen hatte, verachtete ich sie und verbarg sie in einem Gefühl fast krankhafter Scham. So waren es mehr die hohen Ansprüche, die ich stellte, als irgendwelche besonders erniedrigenden Verfehlungen, die mich zu dem machten, was ich bin, und die die Kluft zwischen den Bereichen des Guten und des Bösen, aus denen sich die menschliche Doppelnatur mischt und zusammensetzt, tiefer schürften, als sie bei den meisten Menschen ist. Hierdurch wurde ich dazu gebracht, tief und nachhaltig über dieses harte Naturgesetz nachzudenken, aus dem die Religion entspringt und das eine der Hauptquellen der Verzweif-

lung ist. Trotzdem ich nun ein so ausgesprochenes Doppelleben führte, war ich in keiner Weise heuchlerisch. Die beiden Seiten meines Wesens meinten es tödlich ernst. Ich war nicht weniger ich selbst, wenn ich mich aller Zurückhaltung begab und mit Schande bedeckte, als wenn ich am hellichten Tag der Wissenschaft diente oder Leid und Leiden zu lindern suchte. Und so kam es, daß meine wissenschaftlichen Studien, die gänzlich dem Mystischen und Transzendenten zugewandt waren, eine Gegenentwicklung zeitigten und mir den unaufhörlichen Kampf zwischen den Teilen meines Wesens bewußt werden ließen und ihn grell belichteten. So näherte ich mich mit jedem Tag mehr und von beiden Seiten meiner Verständnismöglichkeiten aus – der moralischen und der intellektuellen – stetig jener Wahrheit, durch deren teilweise Entdeckung ich zu so schrekkensvollem Schiffbruch verdammt war: daß nämlich der Mensch in Wahrheit nicht eine Einheit darstellt, sondern eine Zweiheit. Ich sage Zweiheit, weil der Stand meines eigenen Wissens über diesen Punkt nicht hinausgelangte. Andere werden folgen, andere werden mich bei der gleichen Forschung überflügeln. Mir ahnt, daß man den Menschen schließlich als ein Reich erkennen wird, in dem verschiedenartige, widerstreitende und selbständige Bewohner nebeneinander leben. Ich meinerseits drang, wie es meiner Lebensart entsprach, unbeirrbar nur in eine Richtung vor. Im Moralischen und an meiner eigenen Person lernte ich die vollständige und ursprüngliche Dualität des Menschen erkennen. Ich sah ein, daß man nur deshalb sagen konnte, ich sei eine der beiden in meinem Bewußtsein gegeneinander streitenden Naturen, weil ich im Grunde beide war. Schon frühzeitig, sogar schon bevor sich mir im Lauf meiner wissenschaftlichen Entdeckungen die nackte Möglichkeit eines solchen Wunders anzudeuten begann, war es mir eine liebe Gewohnheit geworden, dem Gedanken der Trennung dieser beiden Elemente nachzuhängen. Wenn jedes von ihnen, so sagte ich mir, in einer gesonderten Person beheimatet werden könnte, würde das Leben von allem, was unerträglich war, befreit sein. Es könnte dann

der Ungerechte seinen Weg verfolgen, frei von den Sehnsüchten und der Reue seines besseren Zwillings; und der Gerechte könnte stetig und sicher seinen Pfad aufwärts verfolgen und das Gute tun, das ihm Freude einträgt, ohne der Schande und Strafe ausgesetzt zu sein durch dies ihm fremde Böse. Es war der Fluch der Menschheit, daß diese so ungleichen Reiser zusammengebündelt waren – daß im gequälten Schoß des Bewußtseins diese polar gegensätzlichen Zwillinge sich ständig befeindeten. Wie also waren sie zu trennen?

So weit war ich in meinen Erwägungen gediehen, als vom Arbeitstisch des Laboratoriums Licht fiel auf den Gegenstand meiner Forschung. Ich begann, tiefer als je ein Mensch vor mir, die bebende Unstofflichkeit, die nebelhafte Vergänglichkeit und Veränderlichkeit dieses scheinbar so festen Leibes, in den gewandet wir wandeln, wahrzunehmen. Ich fand, daß es mancherlei Mittel gab, denen die Kraft innewohnte, das fleischliche Kleid zu erschüttern und abzustreifen, wie der Wind die Vorhänge eines Zeltes aufflattern läßt. Aus zwei triftigen Gründen will ich mich nicht weiter in den wissenschaftlichen Teil meiner Beichte einlassen. Erstens, weil ich erfahren habe, daß die Schicksalsbürde unseres Daseins für immer unseren Schultern anhaftet und bei dem Versuch, sie abzuschütteln, nur drückender und qualvoller wiederkehrt. Zweitens, weil, wie es meine Erzählung nur allzu deutlich zeigen wird, meine Entdeckungen lückenhaft waren. Es genüge also zu sagen, daß ich nicht nur meinen natürlichen Leib als bloße Aura und Strahlung gewisser Kräfte, aus denen mein Geist sich zusammensetzte, erkannte, sondern daß es mir auch gelang, ein Mittel zusammenzustellen, durch welches diesen Kräften ihre bindende Übermacht genommen wurde, so daß sich eine zweite Form und Gestalt anstatt der ersten ergab, mir nicht weniger natürlich, da sie Ausdruck niederer Elemente in meiner Seele war und ihren Stempel trug.

Ich zauderte lange, ehe ich diese theoretische Erkenntnis praktisch zu erproben versuchte. Ich wußte sehr wohl, daß ich mich in Todesgefahr begab; denn ein Mittel, das so machtvoll die eigenste

Burg der Identität beherrschte und in ihren Grundfesten erschütterte, konnte schon bei der geringsten Überdosierung oder bei der Verpassung des rhythmisch richtigen Zeitpunktes der Inanspruchnahme das unstoffliche Tabernakel gänzlich auslöschen, welches es nur wandeln sollte. Doch die Versuchung einer Entdeckung, so einzigartig und tief einschneidend, war schließlich stärker als alle Ängste. Seit langem hatte ich meine Tinktur vorbereitet; ich erwarb sogleich von einer bedeutenden Fabrik chemischer Erzeugnisse eine große Menge eines besonderen Salzes, das, wie ich durch meine Experimente wußte, die letzte noch benötigte Ingredienz war. Spät in einer verfluchten Nacht mischte ich dann die einzelnen Bestandteile, sah zu, wie sie im Glas rauchend ineinanderwallten, und nahm nach vollzogener Einigung in mutigem Erglühen den Trank zu mir.

Wilde Schmerzen durchschütterten die knirschenden Knochen, tödliche Übelkeit befiel mich, und ein Grauen ergriff die Seele, das gewiß nicht geringer war als der Schrekken der Stunde der Geburt oder des Todes. Dann begannen diese Qualen schnell zu schwinden, und ich kam wie nach schwerer Krankheit zu mir. Seltsam waren die Gefühle, die mich erfüllten, unbeschreiblich neuartig und gerade durch dies Neuartige unglaubhaft süß. Ich fühlte mich jünger, leichter, glücklicher im Körperlichen; im Inneren wurde ich mir einer wilden Sorglosigkeit bewußt, ein Strom unbeherrschter sinnlicher Vorstellungen kreiste rastlos in mir, die Bande des Verantwortlichkeitsgefühls waren gelockert, ich empfand eine nie gekannte, doch keineswegs unschuldige Freiheit der Seele. Beim ersten Atemzug dieses neuen Daseins wußte ich, daß ich böser, zehnmal böser war, meiner naturhaften Bosheit überantwortet, und dieser Gedanke war mir zur Stunde berauschend und anfeuernd. Ich breitete die Arme aus; das Neue meiner Gefühle

und Regungen war wie eine glühende Lust, und wie ich mich bewegte, gewahrte ich plötzlich, daß ich viel kleiner geworden war.

Damals gab es in meinem Zimmer keinen Spiegel; der Spiegel, der jetzt neben mir steht, wurde erst später hergebracht, eben um die Verwandlungen zu beobachten. Die Nacht war schon weit gegen Morgen vorgerückt; obwohl der Morgen so schwarz war, entfaltete er sich dem Tag entgegen. Meine Dienerschaft lag im sichersten Gewahrsam der Stunden tiefsten Schlafes; und so beschloß ich in meiner stolzen, hoffnungsvollen Erregung, mich in meiner neuen Gestalt bis in mein Schlafzimmer zu wagen. Ich überschritt den Hof, die Sterne sahen auf mich nieder, voll Staunen, wie mich dünkte, da ihrer schlummerlosen Wachsamkeit kein Wesen solcher Art jemals erschienen sein konnte. Ich glitt durch die Gänge, meinem eigenen Haus entfremdet. Und in meinem Zimmer angelangt, erblickte ich dann zum allerersten Male Edward Hydes Gestalt.

Was ich jetzt sage, ist nur Theorie; denn ich sage es nicht, weil ich es weiß, sondern weil es mir die wahrscheinlichste Erklärung zu sein scheint. Die böse Seite meiner Natur, der ich nun zur Wirksamkeit verholfen hatte, war minder kräftig und weniger entwickelt als die gute, der ich mich entledigt hatte. Im Laufe meines Lebens, das doch zu neun Zehnteln ein Leben des echten Strebens, der Tugend und Selbstbeherrschung war, hatte ebendiese Seite meines Wesens sich viel weniger entwickelt und ausgewirkt. Hieraus, so denke ich, ergab sich, daß Edward Hyde viel kleiner, schmächtiger und jünger erschien als Henry Jekyll. Wie des einen Angesicht Güte ausstrahlte, stand Böses in großen Lettern in des anderen Antlitz geschrieben. Das Böse – das ich noch jetzt für das Tödliche am Menschen halte – hatte überdies der Gestalt den Stempel der Verwachsenheit und des Verfalls aufgedrückt. Und dennoch, betrachtete ich dies häßliche Gebilde im Spiegel, flößte es mir keinen Widerwillen ein, im Gegenteil, ich begrüßte es mit freudiger Zuneigung. Auch dieses war ich ja. Dieses Geschöpf nahm sich sehr menschlich aus und ganz natürlich. Es war mir, als sei es eine lebendigere Darstellung des Geistes, es war einheitlicher und ausdrucksvoller als die unausgeglichene und unvollkommene Gestalt, die ich bisher als die meine anzusprechen gewöhnt war. Und soweit hatte ich zweifellos recht. Ich habe bemerkt, daß mir, wenn ich die Gestalt Edward Hydes angenommen hatte, niemand nahe kommen konnte, der nicht sogleich ein körperliches Mißbehagen empfunden hätte. Dies ergab sich wohl, wie mir scheint, weil alle Menschenwesen, die uns begegnen, aus Gutem und Bösem gemischt sind. Edward Hyde war der einzige in dem Reigen der Menschheit, der nur böse war.

Nur einen Augenblick stand ich vor dem Spiegel: das zweite und entscheidende Experiment mußte noch ausgeführt werden; es mußte noch festgestellt werden, ob ich meine Identität endgültig eingebüßt hätte und vor Tagesanbruch ein Haus, das nicht länger das meine war, verlassen müßte. So eilte ich in mein Laboratorium zurück, mischte den Trank, schlürfte ihn eilig, litt wiederum Qualen der Auflösung und kam zu mir als Henry Jekyll, mit seinem Wesen, seinem Gesicht, seiner Gestalt.

In dieser Nacht war ich an dem unheilvollen Kreuzweg angelangt. Wäre ich in edlerer Verfassung gewesen bei meinen Versuchen und meiner Entdeckung, hätte ich das Experiment gewagt, von großmütigerem und frömmerem Streben erfüllt, hätte sich wohl alles anders begeben, und ich wäre aus diesen Qualen der Geburt und des Todes als Engel hervorgegangen anstatt als Dämon. Das Mittel wirkte ohne Unterschied, es war weder höllisch noch himmlisch. Es erschütterte nur die Tore des Kerkers meiner augenblicklichen Verfassung, und was innen bereitstand, stürzte wie die Gefangenen von Philippi nach außen. Dazumal schlummerte meine Tugend; das Böse in mir, durch Ehrgeiz in Bewegung erhalten, war wach und machte sich die Gelegenheit zunutze. Das Geschöpf, das derart entstand, war Edward Hyde. So kam es, daß ich zwei Seelen wie auch zwei Gestalten besaß, eine gänzlich böse und eine, die der alte Henry Jekyll war, jener unausgeglichene Mischling, auf dessen Wandlung und Besserung zu hoffen ich schon lange aufgegeben hatte. Bei dem Ergebnis kam daher das Böse zur Macht.

Meine Abneigung gegen ein nüchternes Gelehrtendasein war damals sogar noch immer sehr rege. Zuzeiten verlangte mich nach Zerstreuungen, und da meine Vergnügungen – um es milde auszudrücken – jeglicher Würde entbehrten und ich nicht nur sehr bekannt und hochgeachtet, sondern auch nicht mehr der Jüngste war, erschien mir der Bruch in meinem Leben von Tag zu Tag unwillkommener. In dieser Hinsicht wurden mir meine neuen Möglichkeiten zur Versuchung, so daß ich ihnen verfiel. Es genügte ja, das Mittel zu trinken, um sogleich der Körperlichkeit des berühmten Professors ledig zu werden und gleich einer undurchsichtigen Maske Edward Hydes Äußeres anzunehmen. Die Vorstellung nötigte mir ein Lächeln ab; zu jener Zeit erschien sie mir belustigend, und ich traf meine Vorbereitungen mit allergrößter Sorgfalt. Ich mietete jenes Haus in Soho, in dem Hyde von der Polizei gesucht wurde, richtete es ein und nahm mir als Haushälterin eine Person, die gewissenlos war und zu schweigen verstand. Dann teilte ich meiner Dienerschaft mit, einem Mr. Hyde – den ich beschrieb – sei jede Freiheit und Machtvollkommenheit in meinem Hause zugestanden; um Mißverständnissen vorzubeugen, suchte ich in meiner anderen Gestalt auch mein Haus auf und gewöhnte meine Leute an den Anblick. Der nächste Schritt war die Abfassung jenes Testaments, gegen das Du Dich so sträubtest, damit ich, stieße mir als Dr. Jekyll etwas zu, seine Rechte ohne geldliche Einbuße als Edward Hyde wahrnehmen könnte. Da ich annahm, ich sei nun gegen jede Gefahr gesichert, begann ich, mir die Unangreifbarkeit meiner Lage zunutze zu machen.

Früher hat es Menschen gegeben, die sich Banditen anwarben; diese begingen ihre Verbrechen, während sie selbst und ihr Ruf in Sicherheit blieben. Ich war der erste, der ein gleiches Verfahren anwandte, um seinen Lüsten zu genügen. Ich war der erste, der sich in aller Öffentlichkeit bewegen durfte, wo ich mich in meinem guten Ruf sonnte, um im nächsten Augenblick diese Hülle abzustreifen und mich wie ein Schuljunge übermütig in das Meer der Freiheit zu stürzen. Für mich bedeutete mein undurchdringlicher Mantel eine vollkommene Sicherheit. Bedenke doch – ich war ja gar nicht vorhanden! Wenn ich nur die schützende Tür meines Laboratoriums hinter mir schließen konnte, wenn mir nur einige Sekunden gegeben waren, um den Trank, der immer in Bereitschaft stand, zu mischen und zu mir zu nehmen, dann schwand Edward Hyde dahin, was immer er auch getan hatte, wie der Atemhauch auf einer Glasscheibe. An seiner Statt saß dann friedlich zu Hause beim Licht mitternächtiger Lampe ein Mann in seinem Studierzimmer, der es sich gestatten konnte, jeden Verdacht zu verlachen: Henry Jekyll.

Die Freuden, denen ich in meiner Maske gierig zu frönen gedachte, waren, wie ich sagte, würdelos; ein stärkeres Wort möchte ich kaum auf sie anwenden. Bei Edward Hyde aber wurden sie bald zu Ungeheuerlichkeiten. Wenn ich von diesen schweifenden Wanderungen heimkehrte, konnte ich mich oft nicht des Staunens über diese Verderbtheit meines andern Ich erwehren. Dieser Vertraute, den ich aus meiner eigenen Seele beschwor und allein wandern ließ, um seine Gelüste zu befriedigen, war ein Wesen von unerhörter und verbrecherischer Bosheit. All sein Tun und Denken war eigensüchtig. Mit bestialischer Gier trank er sich Vergnügen aus jeder Qual, die er anderen bereitete; er war erbarmungslos wie ein Steinbild. Henry Jekyll stand zuzeiten in tiefem Entsetzen vor den Taten Edward Hydes. Die ganze Lage aber war so außerhalb aller gewohnten Gesetzmäßigkeiten, daß sie sich schlau dem Zugriff des Gewissens entzog. War es doch Hyde, und Hyde ganz allein, der sich mit Schuld belud. Jekyll war stets der gleiche, immer fand er sich, dem Anschein nach, unverändert zu seinen guten Eigenschaften zurück; er beeilte sich sogar, dort, wo es möglich war, das durch Hyde angestiftete Unheil wiedergutzumachen. Dadurch ward sein Gewissen eingeschläfert.

Die Schändlichkeiten im einzelnen zu schildern, die ich auf diese Weise duldete – denn selbst jetzt vermag ich nicht zuzugeben, daß ich sie wirklich beging –, ist nicht meine Absicht. Ich will nur die warnenden Begebenheiten erzählen und wie sie schrittweise bis zu meiner Bestrafung führten. Es kam zu einem Geschehnis, das ich, da es keinerlei Folgen hatte, nur eben berühren werde. Grausamkeit gegen ein Kind zog mir den Zorn eines Augenzeugen zu, den ich vor kurzem in Deinem Verwandten wiedererkannte; ein Arzt und die Angehörigen des Kindes fanden sich ein und wandten sich ebenso gegen mich. Fast fürchtete ich für mein Leben, und um schließlich ihre nur zu begründete Erbitterung zu dämpfen, mußte Edward Hyde sie bis zur Tür mitnehmen, ins Haus laufen und sie dann mit einem auf Henry Jekyll ausgestellten Scheck bezahlen. Diese Gefahr wurde in Zukunft dadurch vermieden, daß ein Konto bei einer anderen Bank angelegt wurde auf den Namen Edward Hydes selbst. Und als ich dann meine Handschrift verstellte, um meinem Doppelgänger auf diese Weise eine Unterschrift zu verschaffen, nahm ich an, ich sei sicher vor dem Zugriff des Schicksals.

Etwa zwei Monate vor der Ermordung Sir Danvers' war ich wieder einmal abenteuernd unterwegs gewesen und zu später Stunde heimgekehrt. Am nächsten Tag erwachte ich im Bett mit recht seltsamen Gefühlen. Vergebens suchte ich mich zurechtzufinden. Vergebens betrachtete ich die schönen Möbel und die Weiträumigkeit des Schlafzimmers meines Hauses. Vergebens erkannte ich das Muster der Bettvorhänge und die Schnitzerei an den Pfosten. Hartnäckig bestand etwas in mir darauf, daß ich mich nicht befand, wo ich war, daß ich nicht in der mich scheinbar umgebenden Umwelt erwacht sei, sondern in dem kleinen Zimmer in Soho, in dem ich zu schlafen pflegte, wenn ich Edward Hydes Gestalt angenommen hatte. Ich lachte vor mich hin und begann, da ich nun einmal psychologisch eingestellt bin, träumerisch die Ursachen dieser Täuschung zu erwägen, wobei ich unmerklich wieder in angenehmen morgendlichen Halbschlaf verfiel. Als ich in diesem Zustand einmal die Augen öffnete, fiel mein Blick auf meine Hand. Der Hand Henry Jekylls merkte man, wie Du oft gesagt hast, seinen Beruf an, sowohl der Form wie der Größe nach: Sie war kräftig, fest, weiß und gut geformt. Die Hand aber, die ich da deutlich vor mir sah, wie sie im gelben Glimmer eines Londoner Morgens halbgeschlossen auf der Bettdecke lag, war hager, sehnig, knochig, graubleich und dicht überschattet von dunklem Flaum. Es war Edward Hydes Hand.

Ich muß sie wohl sekundenlang in leerer Verwunderung angestarrt haben, ehe ein jäher Schreck meine Brust durchhallte wie das Gellen von Zimbeln. Ich sprang aus dem Bett

und stürzte zum Spiegel. Bei dem, was ich da erblickte, gefror mir das Blut in den Adern. Ja, als Henry Jekyll war ich eingeschlafen, als Edward Hyde jedoch erwacht. Wie war das zu erklären? fragte ich mich, und mit neuem Entsetzen: Was konnte ich dagegen tun? Es war schon spät am Morgen, die Dienstboten mußten alle längst aufgestanden sein. All meine Chemikalien befanden sich im Laboratorium – weit fort also; zwei Treppen mußte ich hinunter, den hinteren Gang durchqueren, den Hof überschreiten und durch den Anatomiesaal gehen; und hier stand ich nun schreckensbleich. Vielleicht konnte ich mein Gesicht verhüllen; was aber war damit getan, da ich meine veränderte Gestalt nicht verbergen konnte? Mit überwältigender Erleichterung entsann ich mich, daß die Dienstboten an das Kommen und Gehen meines zweiten Ich schon gewöhnt waren. Schnell zog ich mir Kleider meiner eigenen Größe an, so gut es ging, und lief durch das Haus. Badshaw starrte mich an und fuhr zurück, wie er Mr. Hyde zu solcher Stunde und in solchem Aufzug sah; zehn Minuten später setzte sich Dr. Jekyll in gewohnter Gestalt mit sorgenvoller Miene an den Frühstückstisch und tat, als äße er.

Aller Appetit war mir vergangen. Dies unerklärliche Vorkommnis, diese völlige Verkehrung all meiner bisherigen Erfahrungen, schien mir wie die babylonische Schrift an der Wand mein Urteil zu verkünden. Ich begann ernsthafter als je zuvor über die Folgen und Möglichkeiten, die sich aus meinem Doppelleben ergeben konnten, nachzudenken. Der Teil meines Wesens, den ich abzusondern vermochte, hatte sich in letzter Zeit stark regen und entfalten können. Es kam mir seit einiger Zeit vor, als habe Edward Hyde körperlich zugenommen und als sei ich, wenn ich diese Gestalt annahm, von kraftvolleren Blutströmen durchpulst. Ich begann eine Gefahr zu ahnen, daß nämlich,

wenn dieser Zustand anhielte, das Gleichgewicht meines Wesens vielleicht endgültig gestört werden könnte und die Möglichkeit willkürlicher Wandlung schwände, so daß die Erscheinung Edward Hydes unabänderlich zu der meinen würde. Die Wirksamkeit des Mittels hatte sich als nicht immer gleichmäßig erwiesen. Einmal, zu Anfang meiner Erfahrungen, hatte es vollständig versagt. Seit damals sah ich mich mehrere Male gezwungen, die Dosis zu verdoppeln und einmal sogar, trotz drohender Lebensgefahr, zu verdreifachen. Diese seltenen Unregelmäßigkeiten waren bisher der einzige Schatten gewesen, der meine Zufriedenheit trübte. Nun jedoch und infolge des morgendlichen Vorkommnisses drängte sich mir die Erwägung auf, daß, wenn anfangs die Schwierigkeit darin bestand, die Leiblichkeit Jekylls abzulegen, seit kurzem unzweifelhaft in steigendem Maß eine Umkehrung stattgefunden hatte und die Schwierigkeit nunmehr darin bestand, die allzu hartnäkkige Gestalt Hydes zu vertreiben. So schien alles dahin zu deuten, daß ich allmählich die Gewalt über mein eigentliches und besseres Selbst verlor und mehr und mehr an meine zweite, niedere Gestalt gebunden wurde.

Ich fühlte nunmehr, daß ich wählen mußte. Meine beiden Naturen besaßen das gleiche Gedächtnis; doch alle anderen Fähigkeiten waren beiden sehr verschieden zugeteilt. Jekyll, der Unausgeglichene, ersann und verfolgte teilnahmsvoll die Abenteuer und Vergnügungen Hydes – einmal mit den heftigsten Befürchtungen, dann wieder mit wilder Gier; Hyde aber stand Jekyll in vollkommener Gleichgültigkeit gegenüber und gedachte seiner nur, wie der Bergbandit sich der Höhle erinnert, die ihn vor Verfolgung schützt. Jekyll war von mehr als väterlichem Interesse erfüllt; Hyde war gleichgültiger, als Söhne es zu sein pflegen. Wenn ich mich für Jekyll entschied, so mußte ich

den Gelüsten entsagen, denen ich lange insgeheim gefrönt und die ich seit einiger Zeit überfüttert hatte. Entschied ich mich aber für Hyde, so hieß das, tausend Bestrebungen und Interessen zu entsagen und für jetzt und immer auf alle Freundschaft und Achtung zu verzichten. Die Wahl konnte mir kaum schwerfallen; es gab aber noch anderes bei diesem Vergleich in Betracht zu ziehen: Während Jekyll durch die Entsagung viel auszustehen haben müßte, würde Hyde der Schwere seines Verlustes nicht einmal bewußt werden! So seltsam hier die Umstände auch waren, die Entscheidung und der Kampf selbst waren so alt und alltäglich wie der Mensch überhaupt; jeder bebende Sünder, der in Versuchung gerät, sieht sich den gleichen Fragen und Entschlüssen gegenüber. Und es geschah mir, wie es der übergroßen Mehrheit meiner Mitmenschen geschieht: Ich erwählte das bessere Teil und brachte nicht die Kraft auf, durchzuhalten.

Ja, ich zog den ältlichen und unzufriedenen Doktor vor, den Freunde umgaben und der die schönsten Hoffnungen hegte; ich nahm entschlossen Abschied von Ungebundenheit, Jugend, Leichtfüßigkeit, Leidenschaften und geheimen Freuden, die ich in der Maske Hydes erlebt hatte. Vielleicht traf ich diese Wahl mit einem mir unbewußten Vorbehalt; denn ich gab weder das Haus in Soho auf noch vernichtete ich die Kleider Edward Hydes, die noch in meinem Laboratorium bereitlagen. Zwei Monate lang blieb ich jedoch meinen Vorsätzen treu, zwei Monate lang führte ich ein so geregelt strenges Leben wie nie zuvor und genoß die Entschädigung eines befriedeten Gewissens. Doch die Zeit begann zu guter Letzt die Lebhaftigkeit meiner Sorge zu mildern; die Befriedung des Gewissens wurde eine Selbstverständlichkeit. Wünsche und Süchte fingen an, mich zu quälen, als trachte Hyde, sich zu befreien; und in einer

Stunde moralischer Schwäche gab ich endlich wieder nach und trank das verwandelnde Gebräu.

Kaum einmal unter fünfhundert Malen wird wohl ein Trinker, wenn er über sein Laster nachdenkt, vor den Gefahren erschrecken, die sich für ihn aus seiner viehischen physischen Fühllosigkeit ergeben können. Ebensowenig bedachte ich, sosehr ich auch über meine Lage nachgesonnen hatte, die gänzliche moralische Fühllosigkeit und sinnlose Bereitschaft zum Bösen, die die Hauptwesenszüge Edward Hydes waren. Und doch sollte mir durch sie meine Strafe werden. Mein Dämon war lange eingekerkert gewesen, nun brach er tobend hervor. Schon während ich den Trank zu mir nahm, ward ich mir eines zügelloseren, wilderen Dranges zum Bösen bewußt. Dies war es wohl, was den Wirbel stürmischer Ungeduld in meinem Inneren entfesselte, als ich die höflichen Fragen meines unseligen Opfers vernahm; vor Gott erkläre ich wenigstens, daß kein moralisch gesunder Mensch durch derart geringfügigen Anlaß zu so grauenvoller Wut gereizt worden wäre. Als ich zuschlug, war ich ebensowenig zurechnungsfähig wie ein krankes Kind, das ein Spielzeug zerbricht. Aber ich hatte mich freiwillig aller ausgleichenden Instinkte beraubt, durch die selbst die Schlimmsten sich mit einiger Sicherheit im Gewühl der Versuchungen zu bewegen vermögen. In meinem Falle aber bedeutete schon die leiseste Versuchung, auch der Versuchung zu erliegen.

Sogleich erwachte der Höllengeist in mir und tobte. In hitziger Raserei schlug ich auf den widerstandslosen Körper ein, jeder Hieb war mir eine Lust, und erst als ich anfing, müde zu werden, griff mir plötzlich, mitten in meiner tollen Wildheit, ein eisiger Schrecken ans Herz. Der Nebel zerriß. Ich begriff, daß mein Leben in Gefahr war, und floh von dem Schauplatz meines Mordrausches, zugleich frohlockend und zitternd. Meine böse Lust war befriedigt und angeregt, meine Liebe zum Leben aufs höchste gesteigert. Ich lief zu dem Haus in Soho und zerstörte – um doppelt gesichert zu sein – meine Papiere; dann wagte ich mich auf die laternenhellen Straßen, im gleichen zwiespältigen Überschwang des Gemütes, in wollüstigem Stolz meiner Schandtat nachsinnend, leichtsinnig anderes für die Zukunft erdenkend und dabei immer noch eilend und lauschend, ob mir die Häscher nicht auf der Spur seien. Hyde hatte ein Liedchen auf den Lippen, als er die Mixtur mischte, und als er sie herunterschüttete, trank er dem Toten zu. Die zehrenden Schmerzen der Verwandlung waren noch nicht überstanden, als Henry Jekyll mit strömenden Tränen der Dankbarkeit und Reue auf die Knie sank und die gefalteten Hände zu Gott erhob. Der Schleier der Selbstsucht war von oben bis unten zerrissen; ich sah mein Leben als Ganzes. Ich ging es durch von den Tagen der Kindheit an, als ich Hand in Hand mit meinem Vater gewandert war, bis zu der Selbstverleugnung meines beruflichen Mühens und Strebens, um dann schließlich wieder und wieder mit dem gleichen Gefühl der Unwirklichkeit bei den höllischen Greueln des Abends anzulangen. Ich hätte laut aufheulen können; mit Tränen und Gebeten suchte ich das Gewimmel schauerlicher Bilder und Laute zu ersticken, die aus meinem Gedächtnis aufstoben und mich bedrängten. Und inmitten meines Flehens glotzte das furchtbare Gesicht meiner Verderbnis meine Seele an. Als der Brand meiner Reue zu verlodern begann, stieg eine seltsame Freude in mir auf. Es stand nun fest, wie ich mich verhalten mußte. Hyde war von nun an ganz unmöglich. Ob ich wollte oder nicht, ich war nun in mein höheres Dasein gebannt, und mit welcher Freude erfüllte mich der Gedanke! In williger Demut gedachte ich die Grenzen natürlichen Lebens wieder anzuerkennen. In ehrlichem Verzicht verschloß ich die Tür, durch die ich so oft heimlich gegangen und gekommen war, und zertrat den Schlüssel.

Der nächste Tag brachte die Nachricht, der Mord habe Zeugen gehabt, Hydes Schuld war der Welt enthüllt; das Opfer, erwies sich, war ein Mann, der in hohem Ansehen stand. Nicht nur ein Verbrechen war es, sondern ein tragischer Mißgriff. Die Kenntnis hiervon war mir lieb, ich war glücklich, glaube ich, meine besseren Impulse derart gestützt und durch die Angst vor dem Gericht geschützt zu wissen. Jekyll war nun die Burg meiner Zuflucht; würde Hyde sich auch nur einen Augenblick sehen lassen, so würden alle Hände sich gegen ihn erheben und ihn erschlagen.

Ich nahm mir vor, durch mein künftiges Verhalten die Vergangenheit zu sühnen; und ich kann ehrlich versichern, daß dieser Vorsatz einiges Gutes und Fruchtbares gezeitigt hat. Du weißt selbst, wie ernstlich ich mich während der letzten Monate des vergangenen Jahres mühte, Leiden zu lindern. Du weißt, daß vieles für andere getan wurde und die Tage friedlich, fast glücklich für mich verstrichen. Ich kann auch nicht eigentlich sagen, daß ich dieses wohltätig-unschuldigen Lebens müde wurde; mir scheint im Gegenteil, daß ich es von Tag zu Tag mehr genoß. Aber ich war noch immer mit der Zwiespältigkeit meiner Veranlagung geschlagen. Als die erste Aufwallung der Reue verebbt war, begannen meine niederen Triebe, die so lange nicht bekämpft und erst seit kurzem gebändigt worden waren, nach Befriedigung zu lechzen. Zwar dachte ich gar nicht daran, Hyde wieder aufleben zu lassen. Die Vorstellung allein jagte mir sinnloses Grauen ein; nein, ich war versucht, in eigener Person gegen mein Gewissen zu handeln. Wie ein gewöhnlicher Sünder, der insgeheim seinen Leidenschaften nach-

gibt, ließ ich mich schließlich vom Ansturm der Versuchung überkommen.

Alles hat einmal ein Ende; das Maß, und faßte es noch so viel in sich, ist schließlich voll. Dies kurze Nachgeben in mir zerstörte endgültig das Gleichgewicht meiner Seele. Und dennoch war ich nicht erschreckt; das Fallen erschien natürlich, wie eine Wiederkehr der Zeiten, ehe ich meine Entdeckung machte. Es war ein schöner, klarer Januartag, der Boden feucht unter meinen Schritten, der Himmel wolkenlos; der Regent's Park war voll winterlichen Gezwitschers, von süßem Frühlingshauch durchweht. Ich saß auf einer Bank in der Sonne; das Tier in mir entsann sich lüstern vergangenen Fraßes und leckte daran herum; das Geistigere in mir, ein wenig schlafbefangen, bereitete sich zur Reue, war aber nicht stark genug, sich den anderen Regungen zu widersetzen. Schließlich, so dachte ich, war ich auch nicht anders als meine Nachbarn; dann lächelte ich, verglich mich mit den anderen Menschen, verglich meinen tätigen, guten Willen mit ihrer im Grunde grausamen Trägheit und Gleichgültigkeit. Im gleichen Augenblick, als ich mich diesem selbstgefälligen Denken hingab, überkam mich ein seltsames Schwächegefühl, eine furchtbare Übelkeit und ein tödlicher Schüttelfrost. Dieser Zustand verging, und ich war halb ohnmächtig; bald schwand auch das Ohnmachtsgefühl, und ich bemerkte eine Wandlung in der Beschaffenheit meiner Gedanken, größere Kühnheit, Geringschätzung der Gefahr, Lockerung des Verantwortlichkeitsgefühls. Ich sah an mir herunter; meine Kleider bauschten sich faltig und formlos um meine geschrumpften Glieder; die Hand, die auf meinem Knie lag, war sehnig und behaart. Ich war wieder zu Edward Hyde geworden. Eine Minute zuvor noch war ich im gesicherten Besitz der Achtung aller Menschen, war reich, geliebt – der gedeckte Tisch

erwartete mich im Speisezimmer meines Heimes. Und nun war ich Freiwild für jeden, gejagt, heimatlos, ein überführter Mörder, auf den der Galgen wartete.

Mein Verstand wankte, doch ich behielt die Herrschaft über ihn. Mehr als einmal bemerkte ich, daß in meiner zweiten Gestalt meine Fähigkeiten elementarere Schärfe erhielten und mein Geist viel elastischer reagierte, so daß, wo Jekyll möglicherweise versagt hätte, Hyde den Anforderungen der Stunde gewachsen war. Die Ingredienzen meiner Mixtur befanden sich in einem der Schränke meines Laboratoriums; wie konnte ich sie mir verschaffen? Die Schläfen mit den Händen umklammernd, sann ich der Lösung dieser Frage nach. Die Tür des Laboratoriums hatte ich verschlossen. Machte ich den Versuch, durch das Haupthaus zu gehen, würden meine eigenen Dienstboten mich an den Galgen bringen. Ich sah ein, daß ich eines Mittlers bedürfe, und dachte an Lanyon. Wie konnte ich ihn erreichen? Wie ihn überreden? Angenommen, ich entginge der Verhaftung auf der Straße, wie konnte ich erreichen, von ihm empfangen zu werden? Und wie sollte ich, ein unbekannter und wenig vertrauenerweckender Besucher, den berühmten Arzt dazu bewegen, in das Arbeitszimmer seines Freundes Dr. Jekyll einzubrechen? Dann fiel mir ein, daß mir von meinem eigentlichen Wesen einiges blieb; die Handschrift unterschied sich nur wenig von meiner gewöhnlichen. Sobald dies Licht in mir aufzuckte, zeigte sich mir auch der rettende Weg in seinem Schein.

Ich ordnete dann meine Kleidung, so gut es gehen wollte, hielt eine vorüberfahrende Droschke an und ließ mich zu einem Hotel in die Portlandstraße fahren, an dessen Namen ich mich zufällig erinnerte. Bei meinem Anblick – der wohl erheiternd genug gewesen sein muß, wie tragisch auch das Schicksal war, das diese Kleider umschlotterten – konnte der Kutscher sich des Lachens nicht erwehren. Ich sah ihn mit so zähneknirschender Wut an, daß ihm das Lachen verging – zu seinem Glück, doch zu meinem noch größeren, denn sonst hätte ich ihn wohl im nächsten Augenblick von seinem Sitz heruntergezerrt. In dem Gasthof sah ich mich beim Eintritt mit so finsterer Miene um, daß die Angestellten zitterten; sie wagten es nicht, in meiner Gegenwart Blicke zu wechseln, sondern nahmen diensteifrig meine Befehle entgegen, führten mich in ein Separée und brachten mir Schreibzeug. Hyde in Lebensgefahr war mir noch neu: von wildem Zorn geschüttelt, bebend vor Mordlust, gierig darauf, Schmerz zuzufügen. Aber das Geschöpf war klug, meisterte seinen Grimm mit größter Willenskraft, verfaßte die beiden wichtigen Briefe an Lanyon und an Poole. Um sicher zu gehen, daß die Briefe sogleich aufgegeben wurden, ließ Hyde sie einschreiben.

Dann saß er den Tag über am Kamin des gemieteten Zimmers, allein mit seinen Ängsten, biß sich die Nägel und verzehrte seine Mahlzeiten dort; der Kellner fürchtete sich sichtlich vor ihm. Als es dunkel geworden war, fuhr er auf und davon, in die Ecke eines Mietwagens gedrückt, und ließ sich kreuz und quer durch die Straßen der Stadt fahren. ›Er‹, sage ich – ich vermag nicht, ›ich‹ zu sagen. Diese Ausgeburt der Hölle hatte nichts Menschliches; nichts als Haß und Angst regten sich in ihrem Inneren. Als Hyde schließlich ausstieg, da er keinen Verdacht bei dem Kutscher erregen wollte und sich zu Fuß in das Gewühl nächtlichen Lebens wagte, in seinen schlechtsitzenden Kleidern, die leicht Aufsehen erregen konnten, durchtobten diese beiden Gefühle wie ein Orkan sein Inneres. Er ging schnell, von Furcht gehetzt, redete leise und wild mit sich selbst, drückte sich in wenig belebten Seitenstraßen umher und zählte die Minuten bis Mitternacht. Einmal sprach eine

Frau ihn an und bot ihm Zündhölzer zum Kauf, soviel ich mich erinnere. Er schlug sie ins Gesicht, und sie rannte davon.

Als ich bei Lanyon dann wieder zu mir kam, beeindruckte mich das Grauen meines alten Freundes einigermaßen; ich weiß es nicht genau, aber es war wohl nur ein Tropfen im Meer, gemessen an dem schreckensvollen Abscheu, mit dem ich der vergangenen Stunden gedachte. Eine Veränderung hatte sich in mir vollzogen. Nicht Angst vor dem Galgen marterte mich, sondern es graute mir über alle Maßen davor, Hyde zu sein. Lanyons Urteil vernahm ich fast wie im Traum; wie im Traum fand ich nach Hause und ging zu Bett. Nach der Übererregtheit des Tages verfiel ich in schweren, tiefen Schlaf, aus dem mich nicht einmal die quälenden Alpträume zu erwecken vermochten. Ich erwachte am Morgen geschwächt, mitgenommen, aber dennoch erfrischt. Immer noch erfüllte mich der Gedanke an das in mir schlummernde Scheusal mit Haß und Furcht, und selbstredend hatte ich auch die entsetzliche Gefährdung am Tag zuvor nicht vergessen; aber ich fand mich wieder bei mir zu Hause, in meinen eigenen vier Wänden, und meine Mixtur war mir gleich zugänglich. Meine Seele war so von lichter Dankbarkeit für meine Errettung erhellt, daß es fast wie der Strahl der Hoffnung war.

Gemächlich ging ich nach dem Frühstück über den Hof und labte mich an der kalten Luft, da ergriffen mich wiederum die unbeschreibbaren Gefühle, die der Verwandlung vorauszugehen pflegten. Es gelang mir noch gerade, das schützende Laboratorium zu erreichen, ehe glühend und eiskalt wieder Hydes Leidenschaft in mir auftobte. Diesmal bedurfte es einer doppelten Dosis, um mich wieder in meinen natürlichen Zustand zu versetzen; und wehe! – sechs Stunden darauf, als ich sorgenvoll am Kamin saß und in die

Flammen starrte, übermannten mich die gleichen Schauder wieder, und das Mittel mußte noch einmal angewandt werden. Kurz, von diesem Tage an war ich nur noch fähig, durch größte Anstrengung, durch eine Art Gymnastik und lediglich unter unmittelbarer Einwirkung des Mittels, die Gestalt Jekylls zu wahren. Zu allen Stunden des Tages und der Nacht überfielen mich die ankündenden Schauder; und vor allem, wenn ich einschlief oder auch nur einige Augenblicke im Sessel einnickte, erwachte ich stets als Hyde. Durch die Spannung dieser ständig mich bedrohenden Gefahr und die Schlaflosigkeit, zu der ich mich verurteilte, ja sogar weit über die Grenze hinaus, die ich für menschenmöglich hielt, wurde ich in eigenster Person zu einem von Fiebern verzehrten und ausgehöhlten Geschöpf, körperlich und seelisch geschwächt und ganz von einem einzigen Gedanken erfüllt: dem grauengeschüttelten Abscheu vor meinem zweiten Ich. Doch wenn ich einschlief oder die Wirkung des Mittels verebbte, verfiel ich fast ohne Übergang – denn die quälenden Empfindungen bei der Verwandlung wurden täglich schwächer – jenem andern: einer Phantasie voller Schreckensbilder, einer Seele voll überkochenden grundlosen Hasses und einem Körper, der nicht stark genug schien, den tobsüchtigen Lebensdrang zu meistern. Hydes Kräfte wuchsen offenbar, je mehr Jekyll dahinschwand. Und gewißlich war der Haß, der sie nunmehr trennte, beiderseits gleich stark. Bei Jekyll entsprach er einem vitalen Selbsterhaltungstrieb. Er hatte nunmehr die ganze Verlogenheit dieses Wesens erkannt, das einen Teil des Bewußtseins mit ihm gemeinsam besaß und auch mit ihm sterben mußte. Über dies Band der Gemeinsamkeiten hinaus, die an sich schon die quälendsten seiner Nöte waren, erschien ihm Hyde trotz all seiner Lebenskraft nicht nur wie etwas Höllisches, sondern wie etwas Unorganisches. Dies war

ihm das Erschütterndste: daß der Schlamm des Abgrundes schreien und rufen konnte, daß der gestaltlose Staub sich regte und sündigte, daß Totes und Gestaltloses sich Leben anmaßen konnte. Und weiter dann, daß dieser empörende Graus enger als ein Weib mit ihm verflochten war, eingewachsener als ein Auge, in seinem Fleisch gefangenlag, und daß er sein Stöhnen und Stoßen erdulden mußte, weil es geboren werden wollte; und daß sich in jeder Stunde der Schwäche und im arglosen Schlummer dies Unwesen gegen ihn erhob und ihn verdrängen konnte. Hyde aber haßte Jekyll in ganz anderer Weise. Seine Furcht vor dem Galgen trieb ihn ständig dazu, sich zu vorübergehendem Selbstmord zu verstehen und zu dem untergeordneten Zustand eines Teilwesens zurückzukehren, anstatt eine Person zu verbleiben; doch war ihm diese Notwendigkeit widerwärtig, die Verzweiflung war ihm zuwider, in die Jekyll verfallen war, und er nahm die Abneigung übel, mit der ich ihn betrachtete. Dies war der Anlaß zu den äffischen Streichen, die er mir spielte, daß er beispielsweise mit meiner eigenen Handschrift scheußliche Randglossen in meine liebsten Bücher schrieb, Briefe verbrannte und meines Vaters Bild vernichtete. Und hätte er nicht so furchtbare Angst vor dem Tode, so würde er sich schon längst zugrunde gerichtet haben, um mich mitzureißen in sein Verderben. Sein Lebenshunger aber ist übermächtig; ich gehe weiter: Ich, dem es schwindelt und dessen Adern vereisen, wenn ich seiner nur gedenke, wenn ich die Niedrigkeit und Heftigkeit dieser Anhänglichkeit mir vergegenwärtige und zutiefst weiß, wie er meine Macht fürchtet, ihm durch Selbstmord das Dasein zu verkürzen – ich empfinde dennoch Mitleid mit ihm in meinem Herzen.

Es ist zwecklos, diese Beschreibung noch zu verlängern, und die Zeit dazu fehlt mir auf fürchterliche Weise; nie-

mand hat je so grauenvolle Qualen zu ertragen gehabt, das möge genügen; und doch hat selbst diesen Qualen die Gewohnheit – nein, keine Linderung, aber doch eine Art Verhärtung der Seele, eine Art Stille in der Verzweiflung gebracht; meine Strafe hätte jahrelang sich hinziehen können, wäre nicht dies letzte Unheil noch hereingebrochen, das mich endgültig meines Antlitzes und Wesens beraubte. Mein Vorrat jenes Salzes, der seit der Zeit meiner ersten Versuche nie erneuert worden war, begann stark abzunehmen. Ich bat um eine Nachlieferung und mischte den gewohnten Trank. Das Aufwallen und Ineinandergären fand statt, die erste Farbwandlung erfolgte, die zweite blieb aus; keinerlei Wirkung zeigte sich, als ich getrunken hatte. Du wirst von Poole erfahren, daß er ganz London absuchen mußte; alles war vergeblich; und ich bin zu der Überzeugung gelangt, daß die ersterhaltene Lieferung nicht rein war und daß es der unbekannte Zusatz der Mixtur war, der ihr die Wirksamkeit verlieh.

Fast eine Woche ist vergangen, und ich beende diese Aufzeichnung unter dem Einfluß des letzten Restes des alten Pulvers. Zum letztenmal also, wenn nicht ein Wunder geschieht, vermag Henry Jekyll seine eigenen Gedanken zu denken und sein eigenes Gesicht, das sich so traurig verändert hat, im Spiegel zu sehen. Ich muß mich also beeilen und diese Zeilen endigen; denn wenn mein Bericht der Zerstörung bisher entging, so war es nur durch Anwendung größter Vorsicht, die das Glück begünstigte. Sollte mich der Krampf der Verwandlung beim Schreiben überraschen, dann würde Hyde unverzüglich die Blätter in tausend Stücke zerreißen. Vergeht aber einige Zeit nach Beendigung der Niederschrift, dann wird sie möglicherweise seine erstaunliche Selbstsucht und Hingegebenheit an den Augenblick vor der Zerstörungswut seiner äffischen Bosheit retten. Denn das über uns beide hereinbrechende Schicksal hat ihn schon verändert und zerrüttet. In einer halben Stunde, wenn ich wiederum und für immer der verhaßten Gestalt gewichen bin, werde ich schaudernd und schluchzend in meinem Sessel sitzen oder rastlos, mit angstvoll gespannter Aufmerksamkeit in diesem Zimmer, meiner letzten irdischen Zuflucht, auf und nieder gehen und angestrengt auf jeden bedrohlichen Laut lauschen. Wird Hyde am Galgen enden? Oder wird er in letzter Minute seinen Mut zusammenraffen und sich selbst befreien? Der Himmel weiß es; mir ist es einerlei; dies ist meine eigentliche Todesstunde, und was hinterher geschieht, geht nicht mich an, sondern ein anderes Wesen. Hiermit also will ich die Feder niederlegen, meine Beichte versiegeln und den Lebenslauf des glücklosen Henry Jekyll beschließen.«

Burkhard Niederhoff
Die Metamorphosen eines Puritaners

Von Edinburgh nach Samoa.
Stevensons Lebensweg

Robert Louis Stevenson wurde 1850 im schottischen Edinburgh geboren. Als sein Leben endete, hatte er sich so weit von seiner Heimatstadt entfernt, wie es auf dieser Erdkugel möglich ist. Er starb 1894 auf Upolu, einer Insel des südwestpazifischen Samoa-Archipels. Der Gegensatz zwischen dem Ausgangs- und dem Endpunkt des Lebenswegs paßt zu dem, der ihn zurücklegte: Stevenson hatte eine ausgesprochene Vorliebe für Polaritäten und Paradoxien, eine Vorliebe, die sich nicht nur in *Dr. Jekyll und Mr. Hyde* zeigt, sondern fast auf jeder Seite seines Œuvres zu finden ist. So lobt er in einem Essay über den amerikanischen Dichter Walt Whitman dessen Mut zum Widerspruch: »Wenn er in irgend etwas prophetisch ist, dann in seiner noblen Mißachtung der Logik. ›Widerspreche ich mir?‹ fragt er irgendwo; und dann kommt wie am Schnürchen die Antwort; die beste Antwort, die jemals in einem gedruckten Werk gegeben worden ist, würdig eines Weisen oder vielmehr einer Frau: ›Um so besser, dann widerspreche ich mir eben!‹« Dieses Bekenntnis zum Widerspruch könnte als Motto über dem Werk, aber auch über der Biographie Stevensons stehen: Er war Bohemien und Bürger, Ästhet und Puritaner, ein Agnostiker, der kaum einen Brief schrieb, ohne die Bibel zu zitieren, und ein Lungenkranker, der oft wochenlang im Bett lag, sich aber beharrlich weigerte, die Krankheit zum literarischen Thema zu machen.

Krank zu sein, gehört zu den frühesten und intensivsten Erinnerungen Stevensons. In einem postum veröffentlichten autobiographischen Fragment beschreibt er, wie er als Kind nächtelang von Hustenanfällen geschüttelt wachlag und sehnlichst den Morgen herbeiwünschte. Es blieb nicht bei den Kinderkrankheiten. Aus dem kränklichen Jungen wurde ein invalider Erwachsener, ein Ritter von der traurigen Gestalt, der den Körper eines

Magersüchtigen hatte (obwohl ihm Essen und Trinken keineswegs zuwider waren). Ein Schriftstellerkollege hat ihn beschrieben als »einen Mann, der so dünn und ausgemergelt war, daß er aussah wie ein Bündel Stöcke in einer Tüte«. Stevensons Hauptproblem waren häufige und schwere Lungenblutungen, die ihn oft wochenlang ins Krankenzimmer verbannten, Kuraufenthalte an der Adria und in Davos erforderten und ein Grund für die Entscheidung waren, im warmen und milden Klima Samoas seßhaft zu werden.

In dem erwähnten autobiographischen Fragment erinnert sich Stevenson dankbar an seine Kinderfrau, die er als »zweite Mutter« bezeichnet. Mit unermüdlicher Hingabe umsorgte sie den kleinen Louis und leistete ihm, wenn er nicht schlafen konnte, ganze Nächte hindurch Gesellschaft. Allerdings hielt sie es auch für ihre Christenpflicht, ihm so früh wie möglich aus den Biographien puritanischer Märtyrer vorzulesen, und füllte so seine empfängliche Phantasie mit einer düsteren calvinistischen Vorstellungswelt, in der es vor allem um Sünde und Verdammnis, den Teufel und die Hölle ging. »Nicht nur daß ich wachlag und um Jesu willen weinte ...«, schreibt Stevenson, »ich hatte auch Angst, mich dem Schlummer anzuvertrauen – vielleicht war ich ja nicht unter den Auserwählten und würde, bevor ich aufwachte, in die ewige Verdammnis hinabgleiten. Ich erinnere mich, daß ich wiederholt ... aus einem Traum über die Hölle aufwachte und mich ans Gitter meines Bettes klammerte, die Knie ans Kinn gezogen, die Seele erschüttert, der Körper schmerzverkrampft ... Ich schüttelte meinen kleinen Dummkopf zweifelnd über das Seelenheil meiner Eltern, da sie Abendgesellschaften veranstalteten und Karten spielten, was in den religiösen Biographien, mit denen ich gefüttert wurde, streng verurteilt wurde.« Der Teufel, mit grellen Farben an die Wand des Kinderzimmers gemalt, machte Louis nicht nur Angst, er übte auch eine beträchtliche Faszination auf ihn aus. Es trat ein, was Edgar Allan Poe in seiner Kurzgeschichte *Der Wider-Geist* dargestellt hat: Das Verbot machte das Verbotene attraktiv. »Nie mehr«, schreibt Stevenson, »werde ich etwas mit der Hingabe tun können, mit der ich in meiner Kindheit das, was ich für sündig hielt, um seiner selbst willen tat.« Die Vorstellung der Sünde fesselte ihn so sehr, daß er regelrechte Experimente mit ihr veranstaltete und einmal sogar Gott verleugnete, um zu sehen, ob er auf der Stelle bestraft oder mit heiler Haut davonkommen würde. Für die Seele des kleinen Louis war die frühe religiöse Indoktrination ohne Zweifel Gift, für die schriftstellerische Entwicklung Stevensons war sie sicherlich fruchtbar. Dies deutet zumindest die folgende Frage des Dreijährigen an seine Mutter an, die zwar noch einige Schwierigkeiten mit der Grammatik verrät, aber bereits eine treffende Beschreibung seines späteren Berufs gibt: »I have drawed a man's body. Shall I do his soul now?« (Ich habe den Körper eines Mannes gemalen. Soll ich jetzt die Seele malen?)

Sieht man von den Krankheiten und den Alpträumen ab, hatte Stevenson eine ungetrübte und privilegierte Kindheit. Er war der einzige Sprößling wohlhabender Eltern, die ihm viel Liebe und Aufmerksamkeit schenkten: Seine Mutter führte ein Tagebuch, in dem sie die Taten und Worte des Dreikäsehochs festhielt, und wenn er einen Alptraum hatte, plauderte der Vater ihm so lange von harmlosen Dingen vor, bis er wieder einschlafen konnte. Auch vom regelmäßigen Schulbesuch blieb er verschont. Dafür sorgten seine Krankheiten, die Kuraufenthalte der Mutter und die langen Reisen der kleinen Familie. Außerdem legte der Vater Thomas Stevenson, der sich mehr schlecht als recht durch die Schule geschlagen hatte und trotzdem ein begnadeter Leuchtturmbauer war, gar keinen Wert darauf, daß sein Sohn täglich die Schulbank drückte. Stevensons Bildung war deshalb wenig systematisch und im hohen Maße von seinen eigenen Neigungen abhängig. Lesen konnte er erst mit sieben, und die Rechtschreibung lernte er nie – jedenfalls nicht so, wie man es von jemandem erwarten darf, dessen Beruf das Schreiben ist. Er schrieb noch »litterature« (das Wort hat auch im Englischen nur ein »t«), als er bereits begann, solche zu veröffentlichen.

Mit sechzehn wurde Stevenson auf die Universität seiner Heimatstadt Edinburgh geschickt. Er sollte in die Fußstapfen von Vater und Großvater treten, die sich mit dem Bau von Leuchttürmen einen Namen gemacht hatten. Auch Stevenson wollte sich einen Namen machen, allerdings nicht mit Leuchttürmen, sondern mit seinen Versen und seiner Prosa. Dem Studium konnte er nichts abgewinnen, und es dauerte neun Jahre, bis er schließlich ein Examen zuwege brachte, übrigens nicht als Ingenieur, wie ursprünglich geplant, sondern als Rechtsanwalt. Im Hörsaal war der eingeschriebene

Student nur selten zu finden. Wenn er nicht las oder schrieb, erkundete er das geschichts- und legendenträchtige, puritanische und pittoreske Edinburgh. Er kannte die grauen Friedhöfe mit den Gräbern der religiösen Märtyrer ebenso wie die schäbigen Spelunken, wo die billigen Prostituierten auf Kundschaft warteten (gehobenere Formen des Lasters waren außerhalb der Reichweite seines aus erzieherischen Gründen recht knapp bemessenen Taschengeldes). Er gerierte sich als Bohemien und Bürgerschreck, eine Rolle, die er noch jahrelang mit Gusto und Bravour spielen sollte und zur Freude seiner Biographen nie ganz aus seinem Persönlichkeitsrepertoire gestrichen hat. Angesehenen Bürgern schickte er liebevoll verpackte Pakete voller Plunder; in Restaurants unterbrach er wildfremde Menschen, die anfangen wollten zu essen, und bedachte sie mit einem ellenlangen Tischgebet; er kleidete sich nachlässig und trug die Haare recht lang, so daß man ihm an Bankschaltern und Hotelrezeptionen den Gentleman nur widerwillig abnahm, und einmal wanderte er eine Nacht lang ohne Jackett durch die Vororte von London, um zu testen, ob die Polizei ihn als Vagabunden festnehmen würde (das Experiment schlug fehl); er predigte ein von Hausbesitz und Reichtümern unbeschwertes, mobiles und freies Dasein, wobei er wenn möglich nicht auf der Sitzfläche, sondern auf der Lehne eines Sessels hockte oder gestikulierend auf und ab marschierte. Manche Edinburgher fanden ihn erfrischend unkonventionell und brillant (zumindest behaupteten sie es später, als sie nach dem Tod des weltberühmten Schriftstellers ihre Erinnerungen an ihn hervorkramen sollten), andere hielten ihn für vorwitzig oder übergeschnappt. Ein Mädchen, das bei einem Dinner neben ihm saß, erinnerte sich später, sie sei ganz benommen gewesen vom Redefluß und der erstaunlichen Menge an Intellekt, die ihr Tischpartner auch auf die allertrivialsten Themen verwandt habe.

Bei all seinen Allüren und Eskapaden blieb Stevenson ein Sohn des calvinistisch geprägten schottischen Bürgertums; in dem Bohemien steckte ein Puritaner. Das Wort »Puritaner« ist hier nicht abwertend gemeint; positiv verstanden bezeichnet es das reformatorische Streben, die weltlichen Kompromisse des Katholizismus (in England auch der anglikanischen Kirche) rückgängig zu machen und zum wahren und reinen Kern der christlichen

Lehre zurückzukehren. Die intellektuelle und vor allem die moralische Radikalität dieses Strebens, der Stevenson bereits als Kleinkind in den Biographien der puritanischen Märtyrer begegnet war, übte einen beträchtlichen Einfluß auf ihn aus. In Analogie zu der strengen puritanischen Trennung zwischen weltlichem und seelischem Heil unterschied er stets zwischen bloßer Respektabilität, die sich darauf beschränkt, die gesellschaftlichen Regeln zu befolgen und den guten Ruf zu wahren, und echter Moral, die den, der sie befolgt, oft genug in einen krassen Gegensatz zur Respektabilität bringt.

Daß solche ethischen Überlegungen für Stevenson mehr als bloße Theorie waren, wird bei der Lektüre seiner Briefe deutlich. Die Häufigkeit und die Intensität, mit der er seine Handlungen und Motive einer kritischen Prüfung unterzieht, erinnert an die puritanischen Tagebücher des 17. Jahrhunderts, deren Verfasser Tag für Tag akribisch bilanzieren, wie es um ihr Seelenheil bestellt ist. In einem solchen Brief erzählt Stevenson, welche Überwindung es ihn kostet, sich bei einer Hausangestellten seiner Eltern für sein unfaires Verhalten zu entschuldigen. »Es dauerte vielleicht vier Tage, bevor ich den Mut dazu gefunden hatte, und ich war dabei so schamrot wie nur irgend möglich. Warum? weil ich mich wie ein Grobian benommen hatte? nicht im geringsten; weil ich mit meiner Entschuldigung etwas tat, was als lächerlich gilt. Ich wußte nicht, daß ich so viel Respekt vor den Ideen des Bürgertums hatte; dies ist meine rechte Hand, die ich abschneiden muß. Halt bitte meinen Arm fest: eins – zwei – drei: das sündige Glied ist amputiert; hoffen wir, daß ich nie mehr ein solcher Lump sein werde, mich zu schämen, daß ich ein Gentleman gewesen bin.« Die Passage ist charakteristisch: in der ethischen Selbstbeobachtung, in der Unterscheidung zwischen echter Moral und den Normen der Mittelschicht und in der schönen Anspielung auf ein klingendes und kompromißloses Bibelwort: »So aber deine Hand oder dein Fuß dich ärgert, so haue ihn ab und wirf ihn von dir ...« *(Matthäus 18.8)* Neben der Bibel zitiert Stevenson mit Vorliebe den Katechismus und John Bunyans allegorisches Meisterwerk *Eines Christen Reise nach der Seelen Ewigkeit*, einen Klassiker des englischen Puritanismus.

Das Vokabular und die Radikalität der puritanischen Ethik haben es

Stevenson angetan, die Richtung und die Inhalte dieser Ethik allerdings nicht. Die Enthaltsamkeit, schreibt er, »ist beim jetzigen Zustand der Gesellschaft der eigentliche Fluch im Leben eines Mannes – und auch im Leben einer Frau.« Oder: »Der Schaden, den die Prostitution anrichtet, liegt nicht in ihr selbst, sondern in den schlimmen moralischen Folgen ihrer Ächtung ... Viele Prostituierte kann man zum Weinen bringen, indem man nichts weiter tut, als ihren Beruf beim Namen zu nennen.« Die Kritik am Puritanismus führte Stevenson zu ähnlichen Gedanken, wie sie etwas später der deutsche Soziologe Max Weber dachte, der die Zusammenhänge zwischen der protestantischen Leistungsethik und dem wirtschaftlichen Erfolg des kapitalistischen Bürgertums erforschte. »Eins lernt man in Schottland wahrlich nicht«, so Stevenson, »und das ist das Glücklichsein. Dabei macht dies die ganze Kultur und vielleicht zwei Drittel der Moral aus. Könnte es sein, daß die Schule des Puritanismus, indem sie den Menschen von der Natur trennt, seine Instinkte ausdünnt und ganze Betätigungsfelder und Interessengebiete als mißliebig abstempelt, schließlich direkt zur materiellen Gier führt?« Stevenson wendet sich vor allem deshalb gegen die Ethik des Puritanismus, weil sie auf Negationen und Verbote fixiert ist, weil sie fast ausschließlich »Du sollst *nicht*« sagt, anstatt auf positive Weise, mit Geboten und Vorbildern, zu operieren. Seine eigene Moral ist eine Moral des Tuns, nicht des Lassens: »Wenn du dich schämst, etwas zu sagen, dann sag es sofort.« Dies ist eine seiner Verhaltensregeln, und man könnte in Anlehnung an diese Regel die Generalmaxime seiner Moral so formulieren: »Wenn Verlegenheit, Common Sense oder Bequemlichkeit nahelegen, daß man wegschaut und sich nicht einmischt, dann ergreif die Initiative, sag oder tu etwas.«

Der Umwerter der puritanischen Moral war auch ein Agnostiker, und dies führte zu einem schweren Konflikt mit seinen Eltern. Besonders der Vater, ein tiefgläubiger Christ, konntes sich nicht damit abfinden, daß sein Sohn es nicht mehr war. Es kam zu quälenden Auseinandersetzungen, wie sie nur unter Menschen möglich sind, die ihren Glauben – oder Unglauben – ernst nehmen. Thomas Stevenson versuchte alles, um seinen Sohn wieder auf die rechte Glaubensbahn zu bringen: Er betete, er argumentierte, und er drohte mehr oder weniger verhüllt, den Sohn zu enterben und aus dem Haus zu weisen. »Ich habe mein ganzes Leben auf dich ausgerichtet«, ließ er ihn wissen, »ich habe für dich gearbeitet und Opfer gebracht – und das Ende ist, daß ich dich unter den Gegnern des Herrn Jesus Christus finde ... Ich hätte dich zehnmal lieber in deinem Grab liegen sehen als daß du den Glauben anderer junger Männer erschütterst und den gleichen Ruin über andere Häuser bringst, den du bereits über dieses gebracht hast.« Solche Sätze verfehlten ihre Wirkung nicht. Stevenson litt am Leiden seiner Eltern und bemühte sich um Verständigung, doch verheimlichen oder verleugnen konnte er seine Überzeugungen nicht. Das verbot ihm die puritanische Ernsthaftigkeit und Kompromißlosigkeit in Überzeugungsdingen, die er von seinem Vater gelernt hatte. Charakteristischerweise zitiert Stevenson in einem Brief aus dieser Zeit ein Urwort des Protestantismus – Luthers legendäre Sätze »Hier stehe ich. Ich kann nicht anders. Gott helfe mir« –, um seine Position im Streit mit dem Protestanten Thomas Stevenson zu verteidigen.

Um den Auseinandersetzungen im Elternhaus zu entkommen, fuhr Stevenson im Sommer 1873 zu Verwandten nach Suffolk, wo er eine entscheidende Begegnung machen sollte. Bisher hatte er sich für das andere Geschlecht nicht sonderlich interessiert: zumindest nicht für die Vertreterinnen desselben, die seiner Altersstufe und Gesellschaftsschicht angehörten. Als er sich einmal mehr schlecht als recht verliebt hatte, schrieb er an seinen Cousin: »Ich ... habe mich ziemlich in eine bestimmte Mademoiselle verguckt, die hier nicht mit Namen genannt werden soll ... Vielleicht war es gut, daß sie fort mußte, denn ich nahm bei ihren Verwandten eine widerlich übertriebene Freundlichkeit mir gegenüber wahr – eine der ernüchterndsten Beobachtungen, die der glühende Jüngling machen kann. Von der Dame freundlich aufgenommen zu werden, ist angenehm; aber es ist schrecklich, wenn die Freunde von der frohen Botschaft hören und man sich plötzlich mit Takt und Anstand in die allgemein anerkannte Rolle des Aspiranten hineinrutschen sieht.« So schreibt kein Romeo. Doch nachdem er in Suffolk Frances Sitwell kennengelernt hatte, die ebenso wie er bei seinen Verwandten zu Besuch war, schrieb er andere Briefe. Sitwell war elf Jahre älter als Stevenson, verheiratet und Mutter eines Sohnes, lebte aber von ihrem Mann getrennt – was sie in den Augen Stevensons, der für die Edinburgher

Bürgermädchen seines Alters nur wenig übrig hatte, bereits interessant machte. Außerdem war sie schön, kultiviert, intelligent und eng befreundet mit dem Professor und Literaten Sidney Colvin, dessen Namen Stevenson bereits kannte, weil er die ziselierten Rezensionen des Professors regelmäßig voller Bewunderung las. Colvin kam, von Sitwell herbeigerufen, ebenfalls für ein paar Tage nach Suffolk, um den jungen Mann mit den literarischen Lebensplänen kennenzulernen, und freundete sich mit ihm an. Was Stevenson mit Sitwell verband, war mehr als Freundschaft. Nachdem er aus Suffolk nach Edinburgh zurückgekehrt war, schrieb er ihr täglich, manchmal auch mehrmals am Tag: über die Konflikte und die Kompromisse mit seinen Eltern, über Erlebnisse in den Straßen von Edinburgh, über seine literarischen Versuche und vor allem und immer wieder über seine Gefühle für sie. (Ihre Briefe an Stevenson sind leider nicht erhalten.) Erstaunlicherweise tolerierte Colvin, der Sitwell später heiraten sollte, ihren neuen Verehrer; mehr noch: Er förderte Stevensons literarische Karriere nach Kräften und war in dieser Zeit sein wichtigster Freund. Das Beziehungsdreieck zwischen zwei Männern und einer Frau brach nicht auseinander, was merkwürdig, aber nicht unerklärlich ist. Schließlich waren die Beteiligten durch die Schule der viktorianischen Sexualmoral gegangen, wo sie die Kunst der Verdrängung und Sublimierung gelernt hatten. Besonders Sitwell scheint es verstanden zu haben, die Leidenschaften, die sie beim anderen Geschlecht auslöste, in nichtsexuelle Bahnen zu lenken.

Dies gilt auch für ihre Beziehung zu Stevenson, die eine Beziehung der Worte, nicht der Taten war. Und da persönliche Begegnungen zwischen den beiden nur selten möglich waren, mußten die Worte vor allem in Form von Briefen ausgetauscht werden. Diese Briefe sind nicht das Dokument einer Beziehung, sie *sind* die Beziehung. Und sie gehören zum Interessantesten, was Stevenson geschrieben hat, vor allem in psychologischer Hinsicht. Stevenson sublimiert seine Liebe zu Sitwell, indem er sie als »Madonna« oder »Mutter meiner Seele« anredet. Einmal versichert er ihr, daß er ihr immer vertrauen werde, ohne jede Frage und ohne jeden Zweifel, denn er glaube an sie wie andere Menschen an die Bibel. Neben dieser quasi-religiösen Verehrung gibt es andere Formen der Sublimierung. Der Büchermensch Stevenson liebt nach literarischen Vorbildern. Er schickt Frances Sitwell eine Ausgabe des *Werther* und vergleicht sie mit Lotte, und er redet sie nicht nur mit religiösen, sondern auch mit einer Reihe von literarischen Namen an: »Consuelo« (nach einem Roman von George Sand), »Madamina« (eine Anspielung auf *Don Giovanni*) und »Claire«. Dieser letzte Name war nicht aus einem bereits geschriebenen Buch übernommen, er sollte der Titel eines noch zu schreibenden Buches werden: eines wertherähnlichen Romans, für den Stevenson die Korrespondenz mit Sitwell nutzen wollte und besonders gelungene Passagen abschrieb. Er inszenierte und fiktionalisierte seine Liebe also nicht nur nach den Texten anderer Autoren, sondern ebenso im Hinblick auf eigene Projekte (auch wenn der geplante Roman bereits in den Anfängen steckenblieb). Die Briefe an »Claire« und »Madonna« haben sicherlich etwas Neurotisches, aber auch etwas Therapeutisches und Kreatives. Stevenson litt nicht nur an seiner unerfüllten Leidenschaft, er versuchte, sie zu bewältigen, indem er sie gestaltete.

Drei Jahre nach der Begegnung mit Sitwell verliebte Stevenson sich wieder, diesmal definitiv. Frances Osbourne, eine Amerikanerin, die er 1876 in Frankreich kennenlernte und vier Jahre später in Kalifornien heiratete, hatte nicht nur den Vornamen mit Sitwell gemeinsam. Beide waren verheiratete Mütter und ungefähr elf Jahre älter als Stevenson; beide lebten getrennt von ihren Männern, und beide trauerten, als sie Stevenson begegneten, um ein Kind, das kurz zuvor gestorben war. Doch die spätere Beziehung wurde keine Kopie der früheren. Stevenson und Sitwell hatten einen Berg von Briefen aufgetürmt; Stevenson und Fanny schrieben sich so gut wie nie, dafür teilten sie bereits vor ihrer Heirat gelegentlich Wohnung und Bett. Auch in ihrem Temperament unterschieden sich die beiden Frauen. Sitwell scheint die Güte in Person gewesen zu sein; Fanny war tatkräftig und energisch – manche Biographen behaupten: eigensinnig und rechthaberisch. Wenn sie es aus gesundheitlichen Gründen für notwendig hielt, schirmte sie ihren Mann resolut gegen Besucher ab, selbst wenn es sich um enge Freunde handelte, und auch zu seinen Manuskripten sagte sie ohne Rücksicht auf den ehelichen Frieden ihre Meinung. Als Stevenson ihr voller Stolz und Erwartung die erste, in nur drei Tagen geschriebene Fassung von *Dr. Jekyll und Mr.*

Hyde vorlas, bemängelte sie, daß er die allegorischen Möglichkeiten des Themas nicht genutzt habe. Es kam zu einer stürmischen Szene: Fannys Sohn Lloyd (der die Szene überliefert hat) schlich sich vor Schreck aus dem Zimmer, und auch Stevenson verließ gekränkt und wutentbrannt den Raum. Wenig später jedoch kam er gewandelten Sinnes zurück und warf das Manuskript kurzerhand ins Feuer: Seine Frau habe recht gehabt; er müsse die Erzählung noch einmal schreiben, und dabei hätte ihm die erste Fassung nicht genutzt, sondern nur geschadet. Die Feinde Fannys haben dieser verkokelten Version von *Dr. Jekyll und Mr. Hyde* ausgiebig hinterherspekuliert und behauptet, Stevensons Frau habe aus Unverstand oder falschen Rücksichten aufs viktorianische Publikum eine zeitgeschmackskonforme Fassung erzwungen. Doch vielleicht sollte man sich eher auf das Urteil oder richtiger die Tat des Autors verlassen, der in diesem Fall seiner Frau recht gegeben hat. Zudem ist *Dr. Jekyll und Mr. Hyde* eine der gelungensten Erzählungen Stevensons, ein bis ins Detail durchdachter und durchkomponierter Text. Da Stevenson im allgemeinen kein inspirierter Schnellschreiber, sondern eher ein Wortsucher und Korrigierer war, ist es unwahrscheinlich, daß die erste, in nur drei Tagen geschriebene Fassung besser war als der Text, den wir heute lesen. Vielleicht hat Fanny Stevenson durch den von ihr provozierten Ehekrach der Weltliteratur einen Dienst erwiesen.

Zurück zum jungen, noch unverheirateten Stevenson. 1879 erhielt er ein Telegramm von Fanny, die aus Frankreich nach Kalifornien zurückgekehrt war, und er beschloß, ihr zu folgen – zum Entsetzen seiner Eltern und auch gegen den Willen seiner Freunde. Deren Bedenken waren nicht unbegründet: Als Stevenson seine Reise antrat, hieß Fanny immer noch Osbourne, und es stand offenbar nicht fest, daß sie den jungen Schotten wirklich heiraten wollte. (Über das nicht erhaltene Telegramm, das diesen in Bewegung setzte, ist ähnlich endlos spekuliert worden wie über die erste Fassung von *Dr. Jekyll und Mr. Hyde.*) Doch was auch immer Fanny Osbourne und ihr Liebhaber im Sommer 1879 beabsichtigten: Ein ereignis- und entbehrungsreiches Jahr später liefen sie als Mr. and Mrs. Stevenson auf einem Ozeandampfer in Liverpool ein. Seine Eltern, durch den konventionellen Ausgang des Abenteuers bereits halb versöhnt, waren von Edinburgh angereist und warteten am Pier. Sie akzeptierten die Schwiegertochter und fuhren fort, ihren Sohn finanziell zu unterstützen. Er hatte zwar schon einiges veröffentlicht, doch bis in die Mitte der achtziger Jahre, als ihm mit der *Schatzinsel* und *Dr. Jekyll und Mr. Hyde* der Durchbruch gelang, blieb er von den Zuschüssen seiner Eltern abhängig. Dies machte dem Gewissensmenschen Stevenson zu schaffen. Er behalf sich mit der Konstruktion, daß die finanzielle Unterstützung aus Edinburgh ein Darlehen sei, das er nicht an seine Eltern, sondern in Form seiner Werke an die Allgemeinheit zurückzahlen würde – und wurde auch dadurch seine Skrupel nicht los, denn daß diese gewagte Spekulation tatsächlich in Erfüllung gehen würde, war zunächst nicht mehr als eine kühne Hoffnung. Wie sehr es Stevenson belastete, den eigenen Lebensunterhalt nicht verdienen zu können, zeigt auf indirekte Weise einer seiner schönsten Briefe, in dem er seinen Eltern mit sprudelnder, überschäumender Freude von dem Honorar berichtet, das er für die *Schatzinsel* bekommen hat: Für den Autor, so der Schlußsatz dieses Briefes, sei das Buch wahrlich eine Schatzinsel gewesen.

Als sein Vater 1887 starb, war Stevenson aufgrund der Erbschaft und der guten Verkaufszahlen seiner Werke finanziell unabhängig. Er reiste, teils aus gesundheitlichen Gründen, teils aus Reise- und Abenteuerlust, mit Frau, Kind und Mutter nach Amerika, wo den mittlerweile weltberühmten Autor von *Jekyll und Hyde* ein betäubender Presserummel und phantastische Angebote von Verlegern empfingen. Von dort ging es weiter in die Südsee, in der er zwei Jahre lang herumkreuzte, bevor er sich auf Upolu niederließ. Auf einer Anhöhe über dem Ozean rodete er den Dschungel, baute sich ein stattliches Haus (später der Sitz des Staatsoberhauptes von Samoa), und Fanny versuchte sich in der Landwirtschaft. Der frühere Bohemien, der gegen die Seßhaftigkeit und die Besitztümer gepredigt hatte, war eine Art feudaler Patriarch mit einem zwanzigköpfigen, aus Familienmitgliedern und eingeborenen Angestellten bestehenden Haushalt geworden.

Die eingeborenen Angestellten waren keine Selbstverständlichkeit. Andere Weiße hatten den Stevensons versichert, die Samoaner seien unzuverlässig und deshalb als Dienstboten kaum zu gebrauchen. Die Neuankömmlinge widerlegten diese Meinung, was schließlich auch der Volksmund von

Upolu mit der Bemerkung anerkannte: Es sei unmöglich, einen Samoaner laufen zu sehen, außer auf Vailima, dem Anwesen des Schriftstellers. Ein Grund für diese Einsatzbereitschaft und Loyalität lag darin, daß die Stevensons die Denkweisen der Samoaner zu verstehen versuchten und auch ihre sozialen Strukturen übernahmen. Die Eingeborenen auf Vailima betrachteten sich nicht als Angestellte oder Dienstboten, sondern als Mitglieder einer Großfamilie, eines »Clans« (Stevenson behalf sich häufig mit Analogien aus dem schottischen Hochland, um die Südseeinsulaner zu charakterisieren). Als eines der Clanmitglieder, ein Mann namens Pataalise, in einem Anfall von Besessenheit befürchtete, die Toten seiner Familie seien gekommen, ihn zu holen, sah sich der Clanchef gezwungen, den Besessenen zusammen mit Hilfe anderer Eingeborener zu überwältigen. Das Verständnis und die Toleranz, mit denen Stevenson den Eingeborenen begegnete, zeigt der Brief an Colvin, in dem er diese Episode erzählt und sich voller Respekt über seine Helfer äußert: »Um das Schreckliche der Wahnsinnsszene und den Mut meiner Angestellten ganz zu verstehen, denk daran, daß sie *glaubten, was Pataalise in seiner Besessenheit stammelte*; sie *wußten*, daß seine tote Familie, dreißig Köpfe stark, sich auf der Veranda drängte und ihn in die andere Welt rief.«

Stevensons Kontakt zu den Insulanern beschränkte sich nicht auf seinen eigenen Clan; er hatte auch Freunde in der eingeborenen »high society«. Unter diesen war Mataafa, einer der Hauptakteure auf der politischen Bühne von Samoa – und einer der Gründe dafür, daß die Tausende von Dollars, die Stevenson in sein Anwesen gesteckt hatte, eine riskante Investition waren. Die politische Situation war alles andere als stabil. 1889 hatten Deutschland, Großbritannien und die USA sich auf eine konfuse und labile Konstruktion geeinigt, die alle drei Mächte an der Regierung und Verwaltung von Samoa beteiligte und außerdem einen eingeborenen »König« vorsah. Dieser war allerdings nur eine Marionette deutscher Macht- und Wirtschaftsinteressen, ganz abgesehen davon, daß eine Monarchie den sozialen Strukturen auf Samoa nicht gerecht wurde. Die verfehlte politische Konstruktion und die Unzulänglichkeit der Kolonialbeamten führten zu ungerechten und ausbeuterischen Maßnahmen, die den Moralisten und Abenteurer Stevenson auf den Plan riefen. Er verteidigte seinen Freund Mataafa, den Kopf der Opposition gegen den Marionettenkönig, er führte den Vorsitz bei Versammlungen aufgebrachter Bürger und verfaßte die notwendigen Schriftstücke (eine der wenigen Gelegenheiten, wo sein Jurastudium sich auszahlte); er schrieb Leserbriefe an die *Times* und veröffentlichte das Buch *Eine Fußnote zur Geschichte. Acht Jahre Unruhe auf Samoa*, mit dem er sich keine Freunde machte. Der Tauchnitz-Verlag, der das Buch in Deutschland nachdruckte, handelte sich eine Anzeige und eine Geldstrafe ein, und hohe britische Beamte spielten mit dem Gedanken, den Störenfried zu verhaften und zu deportieren. Das Außenministerium in London hielt es aber für klüger, den berühmten Autor lieber unbehelligt zu lassen, auch wenn dieser so weit ging, in Interviews zu fordern, daß man den Eingeborenen die Regierungsgewalt zurückgeben sollte: »Wenn man sie sich selbst überließe, würden die Samoaner weiterkämpfen, so wie sie es jetzt nach dem Vertrag der drei Mächte tun ... aber sie würden es wenigstens untereinander ausmachen, ohne daß Ausländer sich einmischen und von ihrem Krieg profitieren würden.« Der Krieg, von dem Stevenson hier spricht, endete mit einer Niederlage seines Freundes Mataafa gegen den »König« von Samoa. Stevenson sorgte dafür, daß ein Lazarett eingerichtet wurde. Er half bei den Operationen, besuchte die Führer der Aufständischen im Gefängnis, und Fanny überredete den Gefängnisleiter (einen österreichischen Grafen mit dem schönen Namen Wurmbrand), einen kranken Häftling zwecks besserer Pflege zu entlassen. Die Eingeborenen bedankten sich, indem sie einen Weg für Stevenson anlegten, der Vailima mit einer wichtigen Straße verband – eine bemerkenswerte Geste, da es sich um hochstehende Männer handelte, die solche Arbeit gewöhnlich als unter ihrer Würde ansahen.

Wenige Monate später, am vierten Dezember 1894, halfen dieselben Männer, Stevensons Sarg von Vailima auf den Mount Vaea hinaufzutragen. Am dritten Dezember hatte Stevenson noch gearbeitet. Morgens schrieb er an dem Roman *Die Herren von Hermiston*, nachmittags war die Korrespondenz an der Reihe. Am frühen Abend holte er für das Essen eine Flasche Burgunder aus dem Keller und leistete seiner Frau Gesellschaft, die von unguten Vorahnungen geplagt wurde. Er versuchte, sie aufzumuntern, als er plötzlich den Kopf in beide Hände nahm und mit den Worten »Do I look strange?« in die Knie sackte. Die eilig herbeigerufenen Ärzte diagnostizierten einen Schlaganfall, helfen konnten sie dem Sterbenden nicht mehr.

Der Tod traf Stevenson plötzlich, aber nicht unvorbereitet. »Ich habe so lange auf den Tod gewartet«, schrieb er im September 1894. »Ich habe meine Gedanken schon so lange vom Leben losgebunden, daß ich mit keiner Faser mehr daran hänge; ich habe so lange unter dem Vesuv herumgefiedelt, daß ich das Spielen fast verlernt habe und es gar nicht erwarten kann, bis er ausbricht. Wirklich, niemand hat das Leben so sehr überlebt wie ich.« Merkwürdige Sätze aus der Feder eines Dreiundvierzigjährigen, der berühmt, erfolgreich und im Begriff ist, sein vielleicht bestes Buch (den eben erwähnten Roman *Die Herren von Hermiston*) zu schreiben. In seinem allerletzten Brief, der an den Freund Edmund Gosse gerichtet ist, stehen ähnliche Sätze: »Ich bin nicht dazu geboren, alt zu werden ... Du fährst geruhsam und gelassen fort, durch Deine Lebensalter zu reisen und Dich zu verändern, immer im Einklang mit Deinen Jahren ... Ich glaube, der Hauptunterschied ist, daß Du eine Familie hast, die um Dich herum aufwächst. Und ich bin ein kinderloser, ziemlich verbitterter, sehr klarsichtiger, verdorrter Jüngling. Wirklich, ich bin von dem Pfad abgekommen, der es Dir einfach und natürlich macht, den Hügel hinunterzusteigen. Ich nehme den direkten Weg. Und da wo ich hinuntergehen muß, ist ein Abgrund.«

Der Seelenmaler. Anmerkungen zum Gesamtwerk

Stevenson hatte keine hohe Meinung von seinem schriftstellerischen Talent: »Es bestand«, so resümiert er kurz vor seinem Tod, »aus einer winzigen Dosis Inspiration und einer hübschen kleinen stilistischen Masche – längst verloren, kultiviert und verbessert durch einen geradezu heroischen Fleiß. Bis jetzt habe ich es geschafft, den Journalisten zu gefallen. Doch ich bin eine Attrappe und weiß es seit langem. Meine Leser sind Journalisten, Schriftstellerkollegen und Jungen; mit diesen *incipit et explicit* [beginnt und erledigt sich] die Stevenson-Mode.« Die Selbstironie dieser Passage ist charakteristisch, ebenso die Gegenüberstellung von winziger Inspiration und heroischem Fleiß. Wenn Stevenson von seinen Werken und ihrer Entstehung berichtet, dann ist wenig von Eingebung die Rede, dafür viel von Ausdauer, Konzentration und Selbstkritik – und davon daß der erste oder auch der zweite Entwurf nichts tauge und noch einmal gründlich überarbeitet werden müsse. Stevenson gehörte zur Flaubertschen Schule der Langsamschreiber, die ausgiebig korrigieren und viel Zeit auf die Suche nach dem richtigen Wort verwenden, denen die Kunst keine Gabe ist, sondern eine Aufgabe. Thomas Manns Aperçu, »daß ein Schriftsteller ein Mann ist, dem das Schreiben schwerer fällt als anderen Leuten«, hätte Stevensons Zustimmung gefunden.

Die nüchterne und selbstkritische Einstellung zum eigenen Beruf charakterisiert auch einen Essay, in dem Stevenson recht ausführlich von seiner schriftstellerischen Lehrzeit erzählt: »Während meiner Kindheit und Jugend galt ich als der Müßiggang in Person und mußte als warnendes Beispiel herhalten; dabei arbeitete ich unaufhörlich für mein geheimes Ziel: schreiben zu lernen. Ich hatte immer zwei Bücher in meiner Tasche, das eine zum Lesen, das andere zum Schreiben. Auf meinen Spaziergängen war ich damit beschäftigt, was ich sah mit Worten wiederzugeben; wenn ich am Wegesrand saß, las ich oder hatte Bleistift und Heft in der Hand, um die Szenerie zu beschreiben oder ein paar hinkende Strophen zu verewigen. So lebte ich mit Worten.« Stevenson wußte, daß seine Erzeugnisse zunächst nur für den Papierkorb und nicht für die Publikation bestimmt waren, und er machte sich auch keine Illusionen über die Originalität seiner Texte. Im Gegenteil: Er imitierte ganz bewußt den Stil anderer Autoren und schrieb Verserzählungen im Stile Chaucers, Komödien in der Manier Congreves und Tragödien nach dem Vorbild Swinburnes. Einen Essay mit dem Titel *Die Eitelkeit der Moral* nahm er nicht weniger als dreimal in Angriff: im Stil von Hazlitt, Ruskin und Thomas Browne.

Ein wesentlicher Punkt dieser Stilübungen, so Stevenson, liege darin, daß man das leuchtende Vorbild nicht erreiche und daß der Abstand zwischen Imitation und Original dem angehenden Schriftsteller die notwendige Unzufriedenheit mit den eigenen Leistungen beibringe. Diese Unzufriedenheit ist nach Stevensons Auffassung von entscheidender Bedeutung. Das Kreative ist für ihn vor allem eine Sache der Kritik, das Schöpferische eine Frage der Selektion. Schreiben, so betont er immer wieder, heißt auswählen, weglassen und streichen. Nach der Lektüre von Zolas *Der Zusammenbruch* behauptet er, daß er ein Meisterwerk aus diesem Roman machen könne – und zwar nur durch das Ausmerzen überflüssiger Worte und Passagen. Balzac wirft er vor, viel zu detailversessen zu sein und den Leser in einem Meer von interessanten, aber unzusammenhängenden Einzelheiten zu ertränken. Stevensons Devise lautet anders: »Es gibt nur eine Kunst – das Aussparen! ... Wer das Aussparen verstünde, würde eine *Ilias* aus einer Tageszeitung machen.«

Es ist kein Zufall, daß die Opfer der Kritik Balzac und Zola heißen. Diese beiden Namen stehen für Realismus und Naturalismus: die ungeschminkte Wiedergabe der zeitgenössischen Wirklichkeit, die quasi-wissenschaftliche Abbildung eines bestimmten sozialen Milieus, die Darstellung des Alltags usw. Die meisten der großen Erzähler des 19. Jahrhunderts, zumal die französischen, machten sich dieses Programm zu eigen. Allerdings nicht Stevenson. Die Wirklichkeit wiederzugeben, war seiner Ansicht nach das beste

Rezept, schlechte Kunst zu produzieren, da Kunst und Wirklichkeit, Literatur und Leben grundverschieden seien. »Das Leben ist monströs, unendlich, alogisch, zusammenhanglos und farbkräftig; ein Kunstwerk dagegen ist geordnet, endlich, in sich geschlossen, rational, zusammenhängend und blaß. Das Leben beeindruckt uns durch seine ungezähmte Kraft, wie der unartikulierte Donner; die Kunst findet das Ohr, unter den wesentlich lauteren Geräuschen des Erlebens, wie eine Melodie ... Ein geometrischer Lehrsatz konkurriert nicht mit dem Leben; und ein geometrischer Lehrsatz ist ein passender und erhellender Vergleich für ein Kunstwerk.« Stevensons Kritik am Realismus läßt sich leicht mit einigen seiner Texte verbinden. Die *Schatzinsel* bietet keine genaue Wiedergabe eines sozialen Milieus zu einem bestimmten historischen Zeitpunkt. Wenn Jim Hawkins zu Beginn seiner Erzählung schreibt, daß er die Feder »im Jahre des Herrn 17–« ergreife, dann macht die vage, um zwei Stellen verkürzte Zeitangabe deutlich, daß es nicht um historische Exaktheit geht. Die *Schatzinsel* spielt nicht in einer bestimmten Epoche, sondern in einem geschichtslosen, abstrakten Raum, einem »historischen Niemandsland« (ein Ausdruck von Stevenson), dessen Gesetz nicht der Alltag, sondern das Abenteuer ist.

Die *Schatzinsel* und die kritischen Äußerungen zum Realismus haben dazu geführt, daß man Stevensons gesamtes Werk mit dem Etikett *romance* versehen hat. Dieser im Deutschen nicht wiederzugebende Begriff bezeichnet eine literarische Tradition, zu der die unterschiedlichsten Texte gehören: mittelalterliche Verserzählungen, in denen edle Ritter feuerspeiende Ungetüme zur Strecke bringen, Abenteuerromane wie Coopers Lederstrumpf-Zyklus, unbestrittene Meisterwerke der Weltliteratur wie *Moby Dick*, aber auch Liebesschnulzen, wie sie im Supermarkt für wenig Geld zu haben sind. Gemeinsamer Nenner dieser Texte ist ihre Opposition zum Programm des Realismus, ihre Tendenz zu Traum und Phantasie, zum Abenteuerlichen, Unbedingten und Außerordentlichen.

Stevensons Werk trägt das Etikett »romance« nicht ganz zu Unrecht. Allerdings darf man diesen in vielen Farben, auch in Zartrosa, schillernden Begriff nicht mißverstehen. Stevenson vertritt keinen billigen Eskapismus, der die Leser aus einer grauen Wirklichkeit in bequeme und fragwürdige

Wunschwelten transportiert. Das Prinzip der Selektion ist nicht dazu da, das Häßliche und Unangenehme aus dem Blickfeld verschwinden zu lassen, sondern das Überflüssige und Irrelevante auszusondern. Es geht nicht um Verklärung, sondern um Klärung. Auch der Blick auf Stevensons erzählerische Texte macht deutlich, daß der Begriff *romance* bei diesem Autor mit Vorsicht und mit einigen Einschränkungen zu gebrauchen ist. Die Abenteuerromane Stevensons zeichnen sich gerade dadurch aus, daß sie *romance*-typische Handlungen mit realistischen Elementen verbinden, so etwa die *Entführung*, in welcher der jugendliche Held David Balfour und der Jakobit Alan Breck Stuart auf der Flucht vor den Rotröcken Georgs II. ganz Schottland durchqueren. Gerade in dieser durch und durch abenteuerlichen Handlung zeigt sich, um Stevensons Kollegen Henry James zu zitieren, das »Talent, das Tatsächliche im Phantastischen zu sehen und das Außerordentliche auf plausible Details zu reduzieren«. Dieser Blick für das konkrete und glaubwürdige Detail befähige Stevenson zu »einer wunderbar genauen Aufzeichnung der Qualen seines keuchenden Helden aus der schottischen Tiefebene«.

Der nach Atem ringende und von Seitenstichen geplagte David Balfour ist aus anderem Stoff als Winnetou und Old Shatterhand. Bei Stevenson sucht man vergeblich nach Greenhorns, die gleich den ersten Grizzlybären, der ihnen über den Weg läuft, mit einem Messer erlegen. Stevensons Figuren haben menschliches Maß, und dies nicht nur in ihrem kämpferischen und sportlichen Können. Der Realismus erstreckt sich auch auf ihre Motive und ihre Psyche, die gemischter und komplizierter sind, als man es von Autoren wie Karl May gewohnt ist. Dies bereichert den Abenteuerroman um ungewöhnliche realistische Effekte, wie sich am Beispiel von Mrs. Hawkins, der Mutter des jugendlichen Helden der *Schatzinsel*, zeigen läßt. Mrs. Hawkins ist die Wirtin des »Admiral Benbow«, in dem der Pirat Billy Jones logiert, bis seine früheren Kollegen ihm auf die Spur kommen und einen solchen Schrecken einjagen, daß er an einem Schlaganfall stirbt. Da Jones bei Mrs. Hawkins in der Kreide steht, durchsucht sie mit ihrem Sohn Jim die Seemannstruhe des Toten nach Geld. Das ist nicht ganz ungefährlich, denn die Piraten, die es ebenfalls auf die Truhe abgesehen haben, lauern in der Nähe und können jeden Moment auftauchen. Natürlich läßt sich Stevenson die

Gelegenheit nicht entgehen, mit der Spannung des Lesers zu spielen. Er zieht die Szene in die Länge, indem er Jim und Mrs. Hawkins einige Hindernisse in den Weg stellt und den Geldbeutel, nach dem sie suchen, ganz unten in der Truhe versteckt. Das ist eine Standardtechnik des Abenteuerromans und nicht weiter der Rede wert. Auch nachdem das Geld endlich gefunden ist, hält Stevenson Jim und seine Mutter weiter am Ort der Gefahr zurück – allerdings nicht mit zusätzlichen mechanischen Hindernissen, einer klemmenden Tür oder dergleichen, sondern mit einem psychologischen Motiv, wie man es in anderen Abenteuerromanen nur selten findet. Mrs. Hawkins entwickelt in diesem Moment höchster Gefahr und Spannung einen dubiosen moralischen Ehrgeiz: »Ich werde diesen Schurken zeigen, daß ich eine ehrliche Frau bin … Ich nehme das, was mir zusteht, und nicht einen Pfennig mehr.« Dieses Vorhaben erweist sich als schwierig, da der Geldbeutel sehr viele Münzen enthält, deren Wert sie nicht kennt. So zieht sich das Geldzählen quälend in die Länge, und selbst als einer der Piraten, der furchterregende Pew, mit seinem pochenden Holzbein auf den »Admiral Benbow« zukommt, an der verriegelten Tür rüttelt und schließlich wieder von dannen pocht – wozu sonst, als um die anderen Piraten herbeizuholen? –, weigert sich Mrs. Hawkins, dem Drängen Jims nachzugeben und endlich mit oder ohne Geldbeutel das Weite zu suchen. Sie beharrt auf ihrer Ehre und ihrem Geld.

In der *Schatzinsel* setzt der Realismus punktuelle Akzente; in anderen Texten dringt er massiv in die Motive und Strukturen des Abenteuerromans ein. Dies gilt zum Beispiel für *Die Ebbe*, eine beeindruckende späte Erzählung, die unbegreiflicherweise – oder weil sie nicht zum *Schatzinsel*-Image paßt? – unübersetzt ist. Die Erzählung beginnt am Strand von Hawaii, wo der Zufall drei Männer zusammengeführt hat, die durch Unglück oder eigenes Versagen ohne Arbeit und Brot sind. Um sich die Langeweile und den Hunger zu vertreiben, erzählt einer der Männer eine Geschichte, in der er selbst die Hauptrolle spielt und einem Zauberer mit einem Fliegenden Teppich begegnet. Der Zauberer gibt dem Erzähler einen Wunsch frei, worauf dieser die Gelegenheit ergreift, auf dem Teppich von Hawaii in seine Heimatstadt London zurückzufliegen. Die Zuhörer lassen sich von der Idee anstekken und führen, jeder auf seine Art, den als Geschichte verkleideten Tagtraum zu Ende. Der eine schwärmt von Schampus, Bars und Bordellen, der andere malt sich die Rückkehr in den Schoß seiner Familie als ein Weihnachtsfest mit opulentem Abendessen und vielen Geschenken aus. Die Pointe dieser Szene liegt darin, daß der Eskapismus, den sie beschreibt, sozusagen in die falsche Richtung geht. Die Helden und die Leser der Abenteuerromane des 19. Jahrhunderts zieht es aus der befriedeten und bourgeoisen Welt des viktorianischen Englands in die blaue Ferne, zum Beispiel auf die Inseln der Südsee; die drei Männer, die sich genau dort befinden, können sich dagegen nichts Schöneres ausmalen, als ins Zentrum jener bourgeoisen Welt zurückzukehren.

Nach einer Irrfahrt mit einem gestohlenen Schiff erreichen die drei Männer ein Atoll, auf dem ein Engländer und seine eingeborenen Angestellten nach Perlen tauchen. Auf dieser Schatzinsel inszeniert Stevenson einen Showdown, der Abenteuer und realistische Skepsis zu einer ungewöhnlichen Mischung verbindet. Auf der einen Seite steht einer der drei Ankömmlinge, der den Perlenbesitzer umbringen und berauben will, aber als Waffe nur eine Flasche Vitriol besitzt, mit der er seinen Gegner treffen will; auf der anderen steht der Perlenbesitzer, der ein geübter Schütze, mit einer Winchester bewaffnet und damit seinem Gegner haushoch überlegen ist. Das Recht befindet sich ohne Zweifel auf der Seite des Perlenbesitzers, doch Stevenson tut alles erzählerisch Mögliche, um den Leser gegen ihn einzunehmen und eine eindeutige Sympathieverteilung zu vermeiden. In der spannungsvollen Phase vor dem Showdown bleibt der Erzähler bei dem Mann mit der Vitriolflasche und teilt uns nur dessen Wünsche und Motive mit. Von dem verständlichen Bedürfnis des Kontrahenten, sich zu verteidigen, erfahren wir kein Wort. Auch die Überschrift des Showdown-Kapitels, *David und Goliath*, wirbt um Sympathie mit dem Unterlegenen und weckt für den Abenteuerroman typische Assoziationen und Erwartungen. Im Showdown dieser Gattung ist der Held seinen Feinden aussichtslos unterlegen – natürlich nur, damit der Sieg des Helden um so beeindruckender und triumphaler ausfällt. In anderen Erzählungen folgt Stevenson dieser Konvention, in *Die Ebbe* zitiert er sie durch den Titel des Kapitels und den Gang der Handlung herbei, um dann das eigentlich zu Erwartende, aber nie wirklich Erwartete eintreten zu lassen: Der David dieser Erzählung wird von Goliath erschossen.

Stevenson durchkreuzt die eindeutige Unterscheidung zwischen Gut und Böse, die den Showdown eines gewöhnlichen Abenteuerromans charakterisiert, er verweigert dem Leser die gewohnten ungemischten Gefühle. Dies hängt mit einem Zug Stevensons zusammen, von dem bereits im Zusammenhang mit den puritanischen Elementen seines Charakters die Rede war: dem sensiblen und intelligenten Gewissen, das sich in den erzählerischen Texten in einer eindrucksvollen Darstellung ethischer Probleme und Paradoxa äußert. »Schwierige und verwirrende moralische Themen übten eine große Anziehungskraft auf ihn aus, und er hatte eine Neigung dazu, sich Aufgaben zu den hypothetisch möglichen Beziehungen zwischen menschlichen Seelen zu stellen.« So der Romancier und Kritiker G. K. Chesterton (deutschen Lesern vor allem als Schöpfer von Pater Brown bekannt), der seiner These noch einen überraschenden Vergleich hinzufügt: Stevensons Erzählungen seien mit den Problemdramen Ibsens oder Shaws verwandt. Die erzählerischen Konsequenzen der moralischen Sensibilität Stevensons sind allerdings nicht immer bitterernst. In der *Entführung* zum Beispiel kommt es zu einer kleinen Gewissenskomödie, als Rankeillor, der Anwalt von David Balfour, mit dessen Freund Alan Breck Stewart gemeinsame Sache machen muß, um Davids Onkel zu überlisten. Zwar respektiert der Anwalt den Freund Davids und weiß seine Hilfe zu schätzen, andererseits ist ihm diese Hilfe nicht ganz geheuer, da Alan ein jakobitischer Rebell ist, dem in Schottland die Todesstrafe droht. Doch Rankeillor findet einen Ausweg aus der Klemme. Als er mit David zu dem Treffpunkt unterwegs ist, an dem sie mit Alan verabredet sind, stößt er plötzlich einen Ruf der Überraschung aus, kramt in seinen Taschen und stellt fest, daß er doch tatsächlich seine Brille vergessen hat. So hat er einen Grund, mit dem er sich selbst und im Notfall auch anderen einreden kann, daß ihn keine Schuld trifft: Ohne Brille wird er den steckbrieflich Gesuchten unmöglich erkennen können.

Weniger komisch, aber mindestens ebenso Stevenson-typisch ist eine Szene aus *Catriona* (der Fortsetzung der *Entführung*). David will Alan bei der Flucht nach Frankreich helfen und berät mit dem Anwalt Rankeillor, wer dafür in Frage kommt, den Bedrohten sicher außer Landes zu bringen. Ein Angestellter Rankeillors schlägt den Kapitän Elias Hoseason vor. Diesen Mann, der von dem Angestellten als äußerst zuverlässig gerühmt wird, hat David in denkbar schlechter Erinnerung. Hoseason hat sich von Davids Onkel dafür bezahlen lassen, den Neffen zu entführen, und er wollte den schiffbrüchigen Alan kurzerhand umbringen – denselben Mann, den man jetzt seinem Schutz anvertrauen will. Die Pointe des Gesprächs ist jedoch nicht, daß Rankeillor und der Angestellte sich gewaltig in Hoseason geirrt haben und nun eines besseren belehrt werden. Im Gegenteil: Es ist David, der in seinem negativen Urteil über den Kapitän verunsichert wird. Hat man eine geschäftliche Vereinbarung mit Hoseason getroffen – wie es Davids Onkel über die Entführung seines Neffen getan hat –, kann man sich felsenfest auf sein Wort verlassen. Nicht umsonst ist das Schiff des Kapitäns die »Covenant«, was »Bund« im biblischen Sinne bedeutet. In Hoseason verbindet sich Stevensons Vorliebe für »schwierige und verwirrende moralische Themen« mit seinem Hang zur Paradoxie. Der Kapitän ist in seiner Mischung aus Integrität und Bestechlichkeit eine von vielen Variationen, die Stevenson auf das Thema Jekyll und Hyde geschrieben hat.

Man sollte sich allerdings davor hüten, das Gesamtwerk Stevensons auf eine Formel bringen zu wollen, sei es die moralische Paradoxie, die realistische Umformung der *romance*-Tradition oder das Stilprinzip der Selektion. Stevenson ist zu vielseitig und experimentierfreudig, als daß man sein Œuvre mit einigen wenigen Formeln in den Griff bekäme. Dies betont auch der bereits erwähnte Henry James: Während der Durchschnittsautor seine Bücher nach ein und demselben Rezept schreibe, sei bei Stevenson die »Neugier das einzige Rezept, nach dem er produziert. Jedes seiner Bücher ist ein eigenständiger Versuch – ein Fenster, das eine andere Aussicht eröffnet.« Wer in einer Gesamtausgabe des Autors blättert, findet James' Urteil bestätigt. Man stößt dort auf die unterschiedlichsten Texte: die *Reise mit dem Esel durch die Cevennen*, eine amüsante und anekdotische Reiseschilderung; die alles andere als amüsante, recht skeptische und sozialkritische Reiseschilderung *Der Amateur-Emigrant*, ein leider unübersetztes Buch, in dem die Insassen eines Ozeandampfers als Mikrokosmos der britischen Gesellschaft dargestellt werden; den *Versgarten*, eine Sammlung von Gutenacht-Gedichten, durch die fast jedes schottische Kind einmal hindurchspaziert ist; einige zu Recht vergessene Theaterstücke; die Gruselgeschichte *Die Leichenräuber* und die Prosafarce *Die falsche Kiste*; einen Essay mit dem Titel *Ein Kapitel über Träume*, der sich wie ein Prolog zu Freuds *Traumdeutung* liest und von dem Traum erzählt, aus dem die Idee zu *Dr. Jekyll und Mr. Hyde* stammt.

Ein Kapitel über Träume ist nur einer von vielen Essays des Autors, und seine Vorliebe für dieses Genre stellt ein weiteres Indiz für seine Vielseitigkeit und Experimentierfreude dar. Denn der Essay ist die offenste und flexibelste aller literarischen Gattungen; seine Methode ist, wie der Name sagt, der »Versuch«, das Ausprobieren und Improvisieren. Stevensons Essays zeichnen sich vor allem durch einen sehr persönlichen Ton aus – unterhält man sich mit Lesern dieser Texte, so reden sie in der Regel nicht von den behandelten Themen, sondern von der ungemein sympathischen Persönlichkeit ihres Verfassers. Vielleicht liegt hier der Grund dafür, daß kaum einer dieser Texte ins Deutsche übertragen ist: Während die Handlung der *Schatzinsel* auch in einer schlechten Übersetzung spannend bleibt, geht der persönliche Tonfall der Essays, der von feinen stilistischen Nuancen abhängt, bereits in einer mittelmäßigen Übersetzung unrettbar verloren.

Es gehört zu den vielen Paradoxa Stevensons, daß die Persönlichkeit des Verfassers, die den Reiz der Essays ausmacht, in den Romanen und Kurzgeschichten in den Hintergrund tritt. Stevenson bedient sich häufig des sogenannten Ich-Erzählers, das heißt, er überläßt seinen Figuren das Wort und läßt diese die Geschichte aus ihrer Perspektive erzählen. Solche Ich-Erzähler stimmen in ihren Werten und Interessen nicht immer mit dem Autor überein, was so weit führen kann, daß wir es mit unglaubwürdigen Erzählern zu tun haben, deren Darstellung des Geschehens nicht akzeptiert werden darf, sondern korrigiert und umgedeutet werden muß. Dies gilt zum Beispiel für die Kurzgeschichte *Die krumme Janet*, die in einem schottischen Dialekt geschrieben ist und von einer angeblichen Hexe handelt, die vom Blitz getroffen und in ein Häuflein Asche verwandelt wird. Der Erzähler dieser Geschichte ist ein Bewohner des Dorfes, in dem die angebliche Hexe lebt, also ein Ich-Erzähler. Doch das Ich dieses Erzählers ist wenig ausgeprägt, er bleibt anonym und ohne persönliche Konturen. Es spricht nicht ein Individuum, sondern das kollektive Bewußtsein einer Dorfgemeinschaft; die Erzählung erweist sich als Nach-Erzählung, als Niederschlag einer weit in die Vergangenheit zurückreichenden Tradition, in der sich Bericht und Gerücht, Fakten und Fiktionen ununterscheidbar miteinander vermischt haben. Wenn ein Erzähler unglaubwürdig ist, dann rührt dies in der Regel daher, daß er zu subjektiv ist, daß er nur seine persönliche und beschränkte Sicht der Dinge gelten lassen will. Ganz anders der Erzähler von *Die krumme Janet*, von dem man eigentlich nicht im Singular sprechen darf: Er wird nicht deshalb unglaubwürdig, weil er zu viel, sondern weil er zu wenig Individuum ist, weil er sich von dem kollektiven Vorurteil, das in der Dorfgemeinschaft herrscht, gänzlich hat vereinnahmen lassen.

Auch der vielleicht beste Roman Stevensons, *Der Junker von Ballantrae*, der vom tragischen Konflikt der Brüder James und Henry Durie handelt, hat einen unglaubwürdigen Erzähler: den trockenen und pedantischen Verwalter Ephraim Mackellar. Dieser ist für die Buchhaltung der Duries zuständig, und auch die Erzählung wird unter seiner Feder zu einer Buchhaltung: einer Abrechnung mit dem älteren Bruder und einer Entschuldigung des jüngeren. Doch der Leser durchschaut Mackellar, da dieser seine Voreingenommenheit zu erkennen gibt und andere Erzähler zu Wort kommen, deren Darstellung nicht mit der des Verwalters übereinstimmt. Im faszinierendsten Kapitel des Romans erzählt auch der ältere, von Mackellar gehaßte Bruder James eine Geschichte, und zwar während er bei stürmischem Wetter an der Reling eines schlingernden Schiffes sitzt, also in einer lebensgefährlichen Position. Sein Zuhörer ist niemand anderes als der Erzähler des Romans, sein Feind Mackellar, der sich ängstlich an ein Gitter klammert und wie hypnotisiert auf James starrt, der aufgrund des hohen Seegangs mal unter, mal über ihm schwebt. Die Situation ist schwindelerregend, und schwindelerregend ist auch die Vervielfältigung und Komplizierung der Erzählvorgänge, die Stevenson gestaltet: James erzählt von einem Grafen, der einen ihm verhaßten Baron in eine tödliche Falle lockt, indem er ihm eine Geschichte erzählt. Die Erzählung des Grafen ist also eine Mordwaffe. Doch damit nicht genug: Die

Erzählung von James ist die Provokation eines Mordanschlags, eine Provokation, die gelingt. Durch das Beispiel des Grafen und die günstige Gelegenheit verführt, versucht Mackellar, seinen Gegner James über die Reling ins Meer zu stoßen. Doch der Stoß geht ins Leere, da James vorbereitet ist, und wenig später hat Mackellar sich wieder in einen furchtsamen und rechtschaffenen Buchhalter verwandelt. Mehr noch, der gleiche Mackellar, der eben noch James' Position an der Reling ausnutzen wollte, um ihn ins Meer zu stoßen, kann es jetzt nicht mit ansehen, wenn James sich immer noch in dieser Position befindet und Gefahr läuft, über Bord zu gehen. Er bittet James, von der Reling wegzugehen und einen sicheren Platz aufzusuchen. Diese ebenso fürsorgliche wie inkonsequente Bitte ist ein schönes Beispiel für Stevensons Hang zur moralisch-psychologischen Paradoxie, ähnlich wie James' Reaktion auf den Mordversuch. Dieser denkt gar nicht daran, Mackellar die Tat übelzunehmen; im Gegenteil, er honoriert den Mut und die Selbstüberwindung, die sein Gegner bewiesen hat. Das Verhältnis der beiden Männer ist nie besser als nach dem Versuch des einen, den anderen zu ermorden.

Der Verstoß gegen das Paradox. Eine Interpretation von »Dr. Jekyll und Mr. Hyde«

Dr. Jekyll und Mr. Hyde kennt man heutzutage nicht aus Stevensons Erzählung, sondern aus Hollywood. Der Stoff ist etliche Male verfilmt worden, und die Resultate zeigen, daß die Gesetze der Leinwand nicht immer die der Literatur sind. Die Zelluloidversionen unterscheiden sich vor allem dadurch von der Erzählung, daß sie die Verwandlungen der Hauptfigur so oft, so ausführlich und so schreckenerregend wie möglich in Szene setzen. Ein Beispiel unter vielen ist die Verfilmung aus dem Jahr 1941, in der sich der adrette Spencer Tracy unter beträchtlichem Aufwand an Kameratechnik, Make-up, mimischer Akrobatik, Gestöhne und Gegurgel zu einem zähnefletschenden Monster verunstaltet.

Stevensons Effekte sind anderer Art. Dies zeigt sich etwa in der Szene, in der Jekylls Diener Poole den Anwalt Utterson zu Hilfe ruft und die beiden sich entschließen, in das Labor einzudringen. Als die Tür ihren Axtschlägen nachgibt, befürchtet man, daß sich der drinnen gefangene Hyde wie ein wildes, in die Enge getriebenes Tier auf die Eindringlinge stürzt. Doch es kommt anders: »Die Belagerer, von ihrem eigenen Getöse betäubt und von der folgenden Stille beeindruckt, traten ein wenig zurück und spähten in den Raum. Im ruhigen Lampenschein lag das Arbeitszimmer vor ihnen, ein helles Feuer brannte knisternd im Kamin, das Wasser im Teekessel sang seine leise Weise ... Das freundlichste Zimmer von der Welt, hätte man denken können.« Es stürzt sich nicht, wie erwartet, das Monster auf die Freunde Jekylls, sondern deren Tun erweist sich im nachhinein als monströs: Sie sind es, die mit brutaler Gewalt in »das freundlichste Zimmer von der Welt« eingedrungen sind und einen Selbstmord ausgelöst haben. In den Verfilmungen wird die entsprechende Szene völlig anders gestaltet: als eine Verfolgungsjagd, bei der Hyde von einer Polizistenmeute durch die Straßen Londons gehetzt und schließlich in seinem Labor zur Strecke gebracht wird, wobei eine letzte Verwandlung in Richtung Jekyll den krönenden und versöhnlichen Schlußeffekt bildet.

Gemessen an den Effekten der Filme sind die Methoden der Erzählung subtil und indirekt. Dies gilt besonders für die Darstellung Hydes. Anders als die Regisseure verzichtet Stevenson darauf, das Äußere von Jekylls *alter ego* zu verunstalten. Das Grauen liegt nicht in Hydes Gestalt und in seinen Zügen, es steht denen ins Gesicht geschrieben, die mit ihm in Berührung kommen, etwa dem Dienstmädchen, das mitansehen muß, wie Hyde den Abgeordneten Carew zu Tode prügelt. Auch Seymour Chwast, der Illustrator dieser Ausgabe, wählt bei dem Mord an Carew die indirekte Methode und zeigt nicht die Tat, sondern deren Zeugin – und damit, über den Umweg der Phantasie des Betrachters, auch die Tat. Nicht alle Figuren, die mit Hyde in Berührung kommen, fallen wie das Dienstmädchen in Ohnmacht. Einige verwandeln sich auf eine Hyde-ähnliche Weise, wenn sie dem *alter ego* Jekylls begegnen. Nach Hydes Zusammenstoß mit dem Mädchen sind die Umstehenden kurz davor, ihn zu lynchen; selbst dem nüchternen und trockenen Arzt ist die Mordlust deutlich anzusehen. Enfield, der Hyde für einen Erpresser hält, greift selbst zu erpresserischen Methoden: Er droht Hyde an, seinen Ruf zu ruinieren, wenn dieser die Familie des Mädchens nicht finanziell entschädigt. Auch Utterson scheint am Ende des Kapitels *Auf der Suche nach Mr. Hyde* mit dem Gedanken zu spielen, den vermeintlichen Erpresser seines Freundes durch dessen eigene Methoden dazu zu zwingen, Jekyll in Ruhe zu lassen.

Utterson leidet interessanterweise unter ähnlichen Dualitätsproblemen wie sein Freund Jekyll. Dies geht bereits aus den ersten Sätzen der Erzählung hervor, die eine ausführliche Beschreibung des Anwalts geben. Auch Utterson, so lesen wir dort, unterdrückt und bekämpft einen Teil seiner Persönlichkeit. Obwohl er das Theater schätzt, hat er seit zwanzig Jahren keines mehr betreten, und obwohl er ein Kenner und Liebhaber guter Jahrgänge ist, versagt er sich meistens den Weingenuß. Dies entspricht der Persönlichkeitsstruktur Jekylls, allerdings mit einem wichtigen Unterschied: Im Fall Uttersons stülpt Stevenson diese Struktur um. Bei Jekyll ist die nach außen hin sichtbare, dominierende Seite der Persönlichkeit attraktiv, freundlich und wohltätig, bei Utterson dagegen steif, verschlossen und kalt; der in Jekyll verborgene Hyde ist ein Mörder, der »Hyde« in Utterson ein liebenswürdiger, toleranter und hilfsbereiter Mensch. Stevensons Spiel mit den Gegensätzen innerhalb der Figuren und zwischen den Figuren läßt sich bereits an ihrem Aussehen ablesen. Jekyll ist von stattlicher, Utterson von hagerer Gestalt, Jekyll hat ein glattes Gesicht, das fast nur Freundlichkeit ausstrahlt, Utterson ein zerfurchtes, das nie von einem Lächeln aufgehellt wird. Und bei beiden Figuren gibt es ein inkongruentes, kaum wahrnehmbares Element, das nicht zum Gesamteindruck der Persönlichkeit paßt und auf den jeweiligen Hyde hindeutet. Im Fall Jekylls ist dies etwas Fragwürdiges und Verdächtiges, ein leichter »Zug von Hintersinnigkeit«, im Fall Uttersons dagegen etwas »unendlich Menschliches«, das aus seinen Augen strahlt, wenn er mit Freunden zusammen ist und einen guten Wein trinkt.

So wie Utterson eine Parallel- und Kontrastfigur zu Jekyll ist, so stellt der Wein, der die positiven Veränderungen in ihm auslöst, ein Pendant zu der chemischen Mixtur dar, die dem Doktor zu seinen Identitätswechseln verhilft. Dies zeigt sich besonders in dem Kapitel *Der seltsame Brief*, in dem Utterson mit seinem Angestellten Guest über das von Hyde verfaßte Schreiben sprechen will und dazu eine Flasche Rotwein aus dem Keller holt. Der Wein, der eine Verwandlung Uttersons hervorruft, wird selbst als Produkt einer Verwandlung beschrieben, und zwar auffällig detailliert und unter Hervorhebung der chemischen Komponente dieses Prozesses: »Alle Säuren im Wein waren längst ausgegoren; die köstliche Leuchtkraft war mit der Zeit sanfter geworden.« Auf ganz ähnliche Weise schildert Lanyon im neunten Kapitel die Reaktionen und Farbveränderungen der Mixtur, die Hyde hinunterschluckt, um sich in Jekyll zu verwandeln, und diese Verwandlung wird mit demselben Verb *melt* (»schmelzen«) bezeichnet, mit dem der Erzähler beschreibt, wie Utterson sich unter dem Einfluß des Weins verändert, wie er die gewohnte Verschlossenheit aufgibt und seinen Angestellten Guest ins Vertrauen zieht. Die Verwandlung Uttersons wird nicht nur durch den Wein ausgelöst, sie wird auch über die Beschreibung des Weins bildlich dargestellt. Stevenson arbeitet das Motiv des Zutagetretens von etwas Verborgenem in die Vorbereitungen und das Drumherum des Weingenusses hinein, wobei er den symbolischen Bezug zu Utterson durch die vermenschlichende Wortwahl verstärkt: Der Wein liegt nicht im Keller, sondern wohnt am Fundament des Hauses, er wird, nachdem man ihn von dort heraufgeholt hat, nicht entkorkt, sondern befreit, und er verbreitet, obwohl – oder weil? – er so lange im Dunkeln und Verborgenen gelegen hat, Licht und Wärme. Es ist, als ob er einen heißen Herbstnachmittag auf französischen Weinbergen in die Londoner Nebelschwaden hineinzaubert. Damit wird der Wein zu einem treffenden und schönen Bild für seinen Besitzer: Der Geist, der in Uttersons Rotweinflaschen steckt, ist von anderer Art als das Wesen, das durch Jekylls Mixtur zum Leben erweckt wird.

Utterson ist nicht nur eine Parallel- und Kontrastfigur zu Jekyll. Er ist auch die Perspektiv- und Detektivfigur des Textes. Während die Filme ohne Umschweife die Geschichte von Jekyll und Hyde erzählen, berichtet Stevenson von den Nachforschungen Uttersons, der die rätselhafte Beziehung zwischen seinem Freund und dessen Protegé aufzuklären versucht. Da Utterson bei diesem Versuch anderen Texten und Erzählungen begegnet, ist die perspektivische Struktur von *Dr. Jekyll und Mr. Hyde* recht kompliziert. Zu Beginn hören wir zusammen mit dem Anwalt dem Bericht Enfields zu, und am Ende lesen wir über seine Schulter gebeugt die Erzählungen Lanyons und Jekylls. Auch dazwischen treffen wir auf eine ganze Reihe von Texten und Stellungnahmen, die den seltsamen Fall des Doktors aus unterschiedlichen Perspektiven beleuchten oder auch verdunkeln: das Testament Jekylls; die Aussage des Dienstmädchens, das den Mord an Carew gesehen hat; Jekylls Brief an den Apotheker; Hydes Brief an Lanyon; das Heft, in dem Jekyll über seine Verwandlungen Buch führt usw. Man kann diese komplizierte Struktur mit einem System von konzentrischen Kreisen vergleichen, in dem der Leser sich von außen nach innen bewegt. Die Erzählung beginnt an der Peripherie, mit der Unwissenheit eines Außenstehenden wie Enfield, der zufällig eine Episode der Geschichte miterlebt hat, und sie endet im Zentrum des Falles, im gespaltenen Bewußtsein der Hauptfigur. Durch dieses Verfahren erzeugt und intensiviert Stevenson die Spannung des Lesers. Die Texte und Erzählungen, denen Utterson begegnet, haben Lücken und provozieren Fragen, die der Leser beantwortet wissen möchte: Wer hat den Scheck unterschrieben, von dem Enfield erzählt? Warum hat Jekyll Hyde zu seinem Erben gemacht – und warum nicht nur für den Fall seines Todes, sondern auch seines Verschwindens?

Wie die Erzählung solche Fragen stellt und zunächst nur halb oder gar nicht beantwortet, das erinnert an den Detektivroman und dessen Spiel mit Rätseln, Spuren, Hypothesen und Ablenkungsmanövern. Doch die Funktion der Perspektivstruktur erschöpft sich nicht im Spannungsmanagement. Wenn die Erzählungen und Texte, denen Utterson begegnet, unvollständig und rätselhaft sind, dann hat dies auch einen psychologischen Grund: die Tendenz zum Verschweigen und Verheimlichen, zum Nicht-Sehen-Wollen und Nicht-Sehen-Können. Diese Tendenz findet man bei Enfield, der den Namen auf Hydes Scheck verschweigt, und bei Utterson, der seine Rolle als Detektiv nur widerwillig spielt. Er stimmt Enfields Devise, bei verdächtigen Angelegenheiten möglichst wenig zu fragen, aus vollem Herzen zu (nicht gerade typisch für einen Detektiv), und als er nach dem Selbstmord Hydes ein von Jekyll geschriebenes Schriftstück im Labor findet, hat er Angst, es zu lesen. Der Dialog zwischen Utterson und Poole in dem Kapitel *Die letzte Nacht* ist ein Paradebeispiel gehemmter und verzögerter Kommunikation; beide wissen und vermuten sehr viel mehr, als sie zunächst aussprechen, und sie tasten sich mit Andeutungen, halben Wahrheiten, Fragen und Vergewisserungen aneinander heran, bis sie endlich ihren Verdacht aussprechen, daß sich niemand anderer als Hyde in dem Labor befindet. Der Hang zum Verschweigen und Verheimlichen, der die Nachforschungen Uttersons und die erzählerische Struktur kennzeichnet, ist aber auch und vor allem bei der Hauptfigur wiederzufinden, die Teile ihres Selbst verheimlicht (dazu gleich mehr). Die Perspektivstruktur dient also nicht nur der Spannungserzeugung, sie weist auch auf das psychologische Problem der Hauptfigur hin.

Wer über die Perspektivstruktur von *Dr. Jekyll und Mr. Hyde* redet, muß erwähnen, daß diese Struktur nicht mehr dieselbe ist wie zum Zeitpunkt der Veröffentlichung. Die Erzählung einer Verwandlung hat sich selbst verwandelt – nicht weil der Text eine neue Fassung bekommen hätte, sondern weil er anders gelesen wird. Die ersten Leser nahmen die Erzählung als Detektivgeschichte, sie suchten gemeinsam mit Utterson die Lösung des seltsamen Falls von Jekyll und Hyde und erfuhren sie erst am Ende des vorletzten Kapitels. Der immense Erfolg der Erzählung machte dieser Art von Lektüre jedoch bald ein Ende. Jekyll und Hyde bahnten sich den Weg ins Massenbewußtsein, sie wurden zum Sprichwort und zum Mythos, und seitdem liest man die Erzählung so, wie die Griechen im Theater die Tragödie des Ödipus verfolgten: Die dunklen Geheimnisse des Helden sind bestens bekannt. Die Erzählung hat diese Verwandlung recht gut überstanden. Sie hält auch einen informierten Leser aus, vielleicht deshalb, weil dieser sozusagen doppelgängerisch liest, was dem doppelgängerischen Wesen der Hauptfigur entgegenkommt. Auf der einen Seite verfolgt der Leser den Fall aus der Perspektive Uttersons und stellt mit dem Anwalt Vermutungen über die merkwürdige Verbindung zwischen dem Doktor und dem widerwärtigen Unbekannten an: Hyde erpreßt Jekyll, weil er mehr als andere über ihn weiß; Hyde hat etwas mit den Jugensünden Jekylls zu tun; vielleicht ist er dessen unehelicher Sohn ... Auf der anderen Seite weiß der Leser, daß die Voraussetzung von Uttersons Hypothesen falsch ist: Es handelt sich nicht um zwei Menschen, sondern nur um einen. Doch dieses Wissen macht die Hypothesen nicht wertlos, im Gegenteil, es erhöht ihre Bedeutung und Aussagekraft. Wörtlich genommen sind sie natürlich falsch; versteht man sie dagegen symbolisch und psychologisch, sagen sie sehr viel über Jekyll aus, denn die verschiedenen Komponenten seiner Persönlichkeit verhalten sich so zueinander wie zwei Individuen mit konträren Interessen. Die doppelgängerische Lektüre des informierten Lesers kompensiert also die Verluste an Spannung durch Gewinne an Bedeutung und Erkenntnis. Wenn zum Beispiel Utterson im Kapitel *Die letzte Nacht* zunächst befürchtet, daß Hyde seinen Freund ermordet hat, um dann zu vermuten, daß Jekyll der Mörder Hydes ist, dann spricht dies Bände über die gespaltene Persönlichkeit des Doktors.

Diese gespaltene Persönlichkeit ist zum Gegenstand vieler Interpretationen geworden; dabei steht die Frage nach der Bedeutung von Hyde im Mittelpunkt. Die erste dieser Interpretationen stammt von Jekyll selbst; seine

Deutung Hydes sieht so aus: »Ich habe bemerkt, daß mir, wenn ich die Gestalt Edward Hydes angenommen hatte, niemand nahe kommen konnte, der nicht sogleich ein körperliches Mißbehagen empfunden hätte. Dies ergab sich wohl, wie mir scheint, weil alle Menschenwesen, die uns begegnen, aus Gutem und Bösem gemischt sind. Edward Hyde war der einzige in dem Reigen der Menschheit, der nur böse war.« Mit dieser Erklärung – Hyde als das Böse in Person – haben sich besonders die psychoanalytisch inspirierten Interpreten nicht abfinden können. Für sie liegt der Schlüssel zum Verständnis Hydes in der verdrängten Sexualität Jekylls: Hyde steht für das Unbewußte, das freudianische Es, den Phallus oder den Sohn im ödipalen Konflikt mit dem Vater. Manche Interpreten gehen noch einen Schritt weiter und analysieren gleich den Autor mit: Stevenson habe sich ebensowenig wie Jekyll von der viktorianischen Sexualmoral, von der Verdrängung und Dämonisierung des Geschlechtlichen, lösen können. Ansonsten hätte er die Sexualität nicht in Form eines Monsters dargestellt.

Paradoxerweise stimmen die psychoanalytischen Interpreten in ihrer Deutung der Erzählung mit den prüden Zeitgenossen Stevensons überein. Daß auch diese Hyde als eine Chiffre für Sexuelles gedeutet haben, geht aus einem Brief hervor, in dem sich der Autor vehement gegen diese Deutung wehrt und auf Jekylls Erklärung besteht: »Hyde war ... um Himmels willen! kein bloßer Lustmensch. Ich kann nichts Schlimmes an einem solchen Menschen finden, und dies gilt genauso – ich schwöre es mit der Hand auf dem Herzen und vor dem Angesicht des Herrn – dies gilt genauso uneingeschränkt für das, was lüsterne Dummköpfe als ›Unmoral‹ bezeichnen. Die Schuld lag bei Jekyll, weil er ein Heuchler war – nicht weil er etwas für Frauen übrig hatte; er sagt es selbst, aber die Leute sind so randvoll mit Dummheit und verbogener Lust, daß sie an nichts anderes denken können als an Sexualität. Der Heuchler ließ die Bestie Hyde frei – die nicht sinnlicher ist als andere Menschen, sondern der Inbegriff von Grausamkeit und Bösartigkeit, von Selbstsucht und Feigheit: und diese sind das Teuflische im Menschen – nicht dieser armselige Wunsch, eine Frau zu haben, um den ein solches Theater veranstaltet wird.« Das Zitat unterstützt die Deutung Jekylls, und es widerspricht auch der These, daß Stevenson in das Netz der viktorianischen Sexualmoral verstrickt sei. Eine deutlichere Polemik gegen diese Moral und eine klarere Trennung des Bösen und des Geschlechtlichen kann man sich nur schwer vorstellen.

Die Kritik an der viktorianischen Sexualmoral, die Stevenson in seinem Brief über die Erzählung formuliert, ist auch in der Erzählung selbst enthalten. Dies wird deutlich, wenn man Jekylls sexuelle Geschichte von Anfang bis Ende betrachtet. Auch vor seiner ersten Verwandlung hat der Doktor sich bereits mit Prostituierten vergnügt, dies allerdings soweit wie möglich geheimgehalten. Vor der Welt und auch in seinen eigenen Augen möchte er das sein und bleiben, was er tagsüber ist: ein für das Wohl der Menschheit tätiger Arzt, ein würdiger, verdienstvoller und karitativ engagierter Bürger. Wann, wo und mit wem Jekyll seine sexuellen Bedürfnisse befriedigt, darüber erfährt man nicht das Geringste, denn der Drang zur Verheimlichung zeigt sich auch in der Sprache seiner Stellungnahme, die vor einer deutlichen Benennung ausweicht und bei sehr abstrakten Begriffen wie »Vergnügungen«, »Unregelmäßigkeiten« und »Schande« Zuflucht sucht. Nachdem ihm die Verwandlung in Hyde geglückt ist, führt er sein Nachtleben in dessen Gestalt, weil so die Geheimhaltung dieses Nachtlebens kein Problem mehr darstellt. Er benutzt Hyde als eine Art Tarnkappe. Es ist dieser Fehler Jekylls, der dazu führt, daß sich sein Geschlechtsleben immer enger an Hyde bindet, daß die Sexualität und das Böse eine unheilige Allianz eingehen. (Wie wenig sie an und für sich miteinander zu tun haben, zeigt sich auch daran, daß sich die Sexualität Jekylls unter der Regie Hydes verwandelt, daß die »Freuden« des Doktors zu »Ungeheuerlichkeiten« pervertieren.) Die Allianz zwischen dem Bösen und der Sexualität ist also nicht von Anfang an gegeben, sondern durch Jekyll verschuldet. Sie ist keine Voraussetzung der Erzählung, sondern ein Phänomen, das sie darstellt, und *Dr. Jekyll und Mr. Hyde* ist nicht, wie manche Kritiker meinen, ein Ausdruck, sondern eine Kritik der viktorianischen Sexualmoral.

Doch die Erzählung erschöpft sich nicht in dieser Kritik. Jekyll scheitert nicht nur daran, daß er Hyde sein Geschlechtsleben überträgt. Eine andere Möglichkeit, dieses Scheitern zu erklären, ergibt sich aus einem Vergleich mit einem Vorgänger Jekylls: Mary Shelleys Frankenstein, der ebenfalls, ohne es zu wollen, ein Monster kreiert und dafür mit dem Tod bezahlt. Frankenstein wird bestraft, weil er es sich wie Prometheus anmaßt, das zu tun, was den Göttern vorbehalten ist: einen Menschen zu bilden. Doch dieses Motiv der Hybris, des Aufstands gegen eine gottgegebene Ordnung, interessiert den Agnostiker Stevenson nur wenig. Es wäre auch zu einfach zu behaupten, daß Jekyll an seiner Dualität und Gespaltenheit, an den zwei Seelen in seiner Brust zugrundegeht. Der Ursprung von Jekylls Scheitern besteht darin, daß er aus der Erkenntnis dieser Dualität die falschen Konsequenzen zieht. Anstatt sie zu akzeptieren und einen Modus vivendi mit ihr zu finden, versucht er, sie durch die Trennung der beiden Identitäten, durch die Abspaltung und Ausgrenzung des Bösen zu beseitigen. Anders als Whitman und Stevenson antwortet er auf die Frage »Widerspreche ich mir?« nicht mit dem Eingeständnis des Widerspruchs, sondern mit dem Versuch, ihn aus der Welt zu schaffen. Und dies wird ihm zum Verhängnis: Die Hybris Jekylls ist nicht der prometheische Aufstand gegen die Götter, sondern der Versuch, das Paradox der eigenen Persönlichkeit aufzulösen.

Dieser Versuch ist für Jekyll nicht nur ein wissenschaftliches Experiment, sondern ein Fortschrittsprojekt, eine Art Utopie. Er nennt die Dualität einen »Fluch der Menschheit« und die Trennung der Identitäten ein »Wunder«, das diesen Fluch beenden könnte: »Wenn jedes von ihnen«, schreibt er über die konträren Elemente der menschlichen Persönlichkeit, »... in einer gesonderten Person beheimatet werden könnte, würde das Leben von allem, was unerträglich war, befreit sein. Es könnte dann der Ungerechte seinen Weg verfolgen, frei von den Sehnsüchten und der Reue seines besseren Zwillings; und der Gerechte könnte stetig und sicher seinen Pfad aufwärts verfolgen und das Gute tun, das ihm Freude einträgt, ohne der Schande und Strafe ausgesetzt zu sein durch dies ihm fremde Böse.« Die utopischen Hoffnungen erweisen sich als trügerisch. Zwar verfolgt Hyde unbeirrt seinen Weg, doch der Doktor kann nicht, von der Last seines *alter ego* befreit, unbeschwert und guter Dinge seinen Tugendpfad dahinwandeln. Das Experiment erfüllt die Erwartungen nur zum Teil: Während das Böse sich in der Gestalt Hydes vom Guten trennt, bleibt der umgekehrte Trennungsprozeß aus. Jekyll ist immer noch der alte: eine schlecht und recht gemischte Persönlichkeit. Dies bedeutet, daß Hyde sich verdoppelt: Er existiert weiterhin als ein Teil von Jekyll, und er gewinnt eine neue und unabhängige Existenz.

Der Ausgang des Experiments ist merkwürdig asymmetrisch; das Kräfteverhältnis verschiebt sich deutlich in Richtung des Bösen. Einleuchtende psychologische Gründe für diese Asymmetrie gibt es nicht; auch Jekylls eigene Begründung – wissenschaftlicher Ehrgeiz im Moment des Experiments – ist wenig überzeugend. Es scheint, daß der Autor an dieser Stelle in die Ereigniskette eingreift, daß er das Experiment zuungunsten Jekylls manipuliert, und zwar als Antwort auf dessen Hybris, auf den Verstoß gegen das Prinzip der Paradoxie. Jekyll selbst erkennt jedoch nicht, daß das Experiment der Anfang vom tragischen Ende ist. Er hält den Versuch der Trennung zweier Identitäten zunächst für halbwegs gelungen und läßt Hyde freien Lauf – nicht nur weil er ihn als Tarnkappe für sein Nachtleben gebrauchen kann, sondern auch weil er ihn als etwas betrachtet, das nicht zu ihm gehört, als einen Fremden, für dessen Taten er keine Verantwortung trägt. Die Freiheit, die Hyde genießt, und seine fatale Allianz mit Jekylls Sexualität führen dazu, daß er an Lebensenergie gewinnt. Es kommt zu den spontanen Verwandlungen in seine Richtung, die deutlich machen, daß die Balance zwischen Jekyll und Hyde sich immer mehr zugunsten des zweiten verschiebt und daß dieser die gemeinsame Existenz an sich zieht. Als das Pulver, das die Verwandlungen ermöglicht, aufgebraucht ist, sind die beiden Männer unwiderruflich auf eine Identität reduziert, und zwar die von Hyde. Damit ist das utopische Experiment von der erlösenden Ausgrenzung des Bösen gescheitert. Es hat sich nicht, wie ursprünglich erhofft, das Gute von der Last des Bösen befreit, sondern das Böse hat sich des Guten bemächtigt. Jekylls Utopie ist Stevensons Anti-Utopie.

Neben der Normalausgabe erscheint eine Vorzugsausgabe
in einer Auflage von 160 Exemplaren, denen eine farbige,
numerierte und vom Künstler signierte Originalgraphik beiliegt.
Die Ausgaben mit den Nummern 1/150 bis 150/150 sind für den
Verkauf bestimmt, die Ausgaben mit den Nummern I/X bis X/X
sind Künstler- und Verlagsexemplare.

Erste Auflage 1995

Gestaltung Seymour Chwast, New York
Herstellung Margot Mayer-Guderian, Erzhausen
Satz Dörlemann Satz, Lemförde
Schrift Cheltenham light, book, bold und ultra
Lithographie Fischer Reprotechnik, Frankfurt am Main
Druck Universitätsdruckerei H. Schmidt, Mainz
Papier Alsterwerkdruck der Firma Ernst A. Geese, Hamburg
(säurefrei, aus chlorfrei gebleichtem Zellstoff hergestellt)
Bindung Großbuchbinderei Monheim, Monheim
Printed in Germany 1995 · ISBN 3 7632 4417 4